U0136019

# 楊椒山集校注

［明］楊繼盛　著

李洪程　校注

蘭臺出版社

楊繼盛畫像

**楊繼盛書聯語**

明刻。石在北京宣武區達智橋松筠庵。

拓片高 97 厘米，寬 31 厘米。行書。

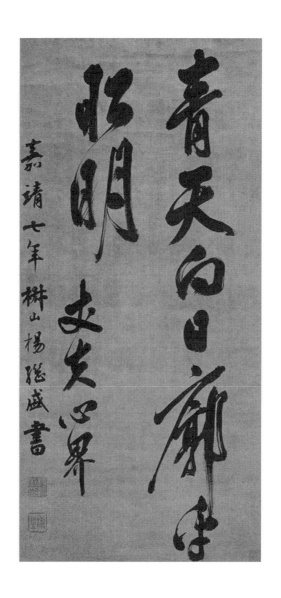

### 楊繼盛書

青天白日，廓乎昭明，丈夫心界。

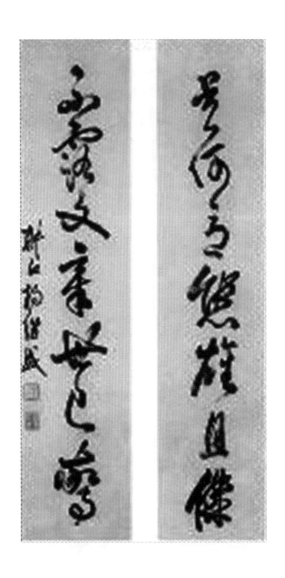

**椒山楊繼盛書**

是何意態雄且傑（杜甫《天育驃圖歌》句）

不露文章世已驚（杜甫《古柏行》句）

九日崑峰賜飲擬和劉靜修先生九日九飲韻體

一飲初歌第一歌乾坤萬物屬中和醉卿能發天然樂況
復幽人情興多
其一

二飲停杯歌二歌西風短髮任婆娑四時佳興俱堪賞誰
道當秋百感多
其二

三飲幽人發浩歌百年風月屬無多此身不是乾坤蒂留
我蒼天欲若何
其三

四飲須聽第四歌傍人休笑醉顏酡曾經雪浪翻天湧風
落盃中慢起波
其四

五飲起來鼓缶歌萬年宇宙一紅螺開中有破盈虛殼聚
散浮沉總太和
其五

六飲將來酣豪興多仰天長嘯奈吾何片雲忽忽暗樓頭月只
欲凌虛一拂摩
其六

七飲相關樂趣多風吹萬籟盡笙歌區區懷抱俱春色笑
其七

書影一

回愆兮天王聖明

題梅軒號

江南有梅不見雪冀北雪多梅花稀有中州風土妖梅
花雪花相映瓔孤根深托雲石裏天與清香豈偶飄不向
春光藉豔陽聳擁上苑爭桃李老醉雪鋪翩助清眉米萬
天影涵明幽窅皎塵埃絕瑟瑟過人冷氣生萬樹叢中
呈淡粧百花頭上吐寒芙衒然邊嬌輕風起吹落乾坤草
木香一枝潔素羞粉白胡蜎月姊着新妝一枝蕭蕭繞園
發撐金綴栗色後茫一枝未丹撚骨針蕊天桃帶淺霜
一枝紫艷蕾初破睇霞飛落緋永傍一枝同心並頭鬪晴

楊忠愍公集　卷之三　九

沙酣睡雙娟養蘂頭影籠月影當摧天勁和穿石枯隙葳蕤
鴛蝶不相識風用更徧妖米疏凍帝應難滾一任妻凉光
管美前川古瘦清香原太娘品題群花更無比一段幽開
惟目知豈容凡眼覷紅紫素君孤梗迴絕徑梅花如人人
如玉得意後栽松竹交映愜裏曲樽酒相着花解
語似促早上金門去商家正須和義林休爲花神滯野墅
花落結實調鼎春秋來端可薦楓宸惟願分種千萬山ロ
解春生萬斛之淸塵

臨刑詩一首

浩氣還太虛丹心照萬古生前未了事留與後人補

書影二

明兵部武選清吏司員外郎贈太常寺少卿

容城楊繼盛著

自著年譜

子家原口外小興州人

楊忠愍公集　卷之四　乙

國初以州常被虜患盡徙民入內地達祖之在小興州者
不可考祖楊百源徙保定府容城縣入樂安里籍居城
東北河照村世業耕讀補縣學生員者代不乏人然止
從教官而已及今則子孫繁衍至百餘人人才以漸而
盛百源生逃正迪進進生俊俊生青青生富生
子三人長綱昌即予同母兄次繼美予庶兄父妾陳氏
所出其三節不肖也父妻毋曹氏本縣民人曹忠室女
生于於正德十一年丙子歲五月十七日辰時父喜而
朌曰卜者相者以予有陰德當生異子今觀此孩首角
膠二俊必不凡也高門閥大宗族在是子夾丑年二
歲戊寅年三歲巳卯年四歲俱在母乳抱狀念奇異貌
也長且圓大人皆以為壽星頭庚辰年五歲父妾陳氏
有寵而妒母甚失所舅曹安目之於官親戚知父妾之
惡同居必加害丛母也遂共議父與母各居失將家產
分為三父及庶母庶兄與三子得其一辛

書影三

# 目　錄

# 鐵肩辣手　浩氣丹心　（代序）
## ——楊椒山的人格力量及詩文精蘊

李洪程

「鐵肩擔道義，辣手著文章。」

這是楊椒山臨刑前獄中題壁。北京宣武門外達智橋街松筠庵，原爲椒山故居，後人曾書此二句爲楹聯懸於堂中。這一聯詩，是楊椒山一生心志氣節和事業的光輝寫照。在中國新文化運動中誕生的《晨鐘報》，第一任主編李大釗，曾於 1916 年 8 月 20 日把第一句選作警語印在報頭上，並注明「楊繼盛語」。後來，又大筆揮寫此聯贈給摯友楊子惠，把其中的「辣」字特意改爲「妙」字。從此，這一副名聯更廣世流傳，膾炙人口。

楊繼盛（1516－1555），字仲芳，號椒山，保定容城人，明嘉靖二十六年進士。少時家貧，曾牧牛於村野之間。父母早喪，刻苦自勵，肄業於鄉園寺院。他文武兼備，剛正不阿，在短暫的政治生涯中，一年被貶，三載囹圄，未能充分施展自己的抱負和才華，所謂大明王朝竟以陰沉沉的黑暗葬送了他。死時僅三十九歲。

然而，他畢竟有一個震天動地的人生。

他對嘉靖皇帝和首輔嚴嵩的抗爭，不但是政治之爭，而且是人格之爭。他的血肉之軀倒下了，他的光輝人格卻高高站立起來。他留下三卷文章，一卷詩歌，雖然數量不多，但其中充滿十

六世紀中葉中國的良心之聲。

一

　　楊椒山的人格力量之一──高度的耿介。

　　楊椒山認為，耿介是一種派生于道義並維護道義的強大的人格力量。他在《介軒說》裏說：「介安從生，生於吾心之義。義又安從始，始於在天之利。是故本諸心而原諸天，非由外鑠者也。」在他看來，人的耿介出自內心的善的動機，內心的善又是由一種神聖的道義力量所賦予。這種耿介不是由外人可以強加的。排除其神秘成分，他顯然旨在強調耿介的產生取決於人的內在因素，即人內在的道義的素質。他接着又說：「夫人之所以植綱常、弘德業、參天地、匹聖賢，皆賴此以為之質幹，是可苟焉已乎？」植綱常、弘德業、參天地、匹聖賢，就是道義的具體化。而耿介正是道義賴之實現和支撐的質幹，其重大功能私毫不容忽視。

　　耿介的表現是剛正廉明，表裏如一，始終不渝。他在《介軒說》裏闡明：「必剛與廉二者合，而介始成矣。然乖愎以忤物，則似介之剛而非剛；矯情以駭俗，則似介之廉而非廉。毫釐千里，不可不察也。而世之號為介者，乃不求其合於天，而求其合於人；不求諸吾心，而求聲音笑貌之末。故能介於外者，或不能介於內；能介於始者，或不能介於終。則似介非介，不過欺世之機械，要寵之筌蹄耳。其害介也，不既深乎？」見解非常透闢。椒山極為重視人的內心世界，認為只有內心耿介，才能「自心而身、而家、

而鄉，其介之操同；自少而壯、而老，其介之操又同」。他仍感不足，又進而指出，介之及於天下才算「至介」。爲了再深入一層，他更特別強調：「噫，不苟和之謂介，然介而不和者，偏也；不苟取之謂介，苟有意取名焉，雖非貨利，亦謂之取矣。敢以是足介說之義。」綜其所述，既剛且廉，去僞求眞，剛能和愛，廉不圖名，眞心介於內，本色化於外，直至及於天下，有始有終，耿介至此，才可謂臻于眞正完美的境地。椒山不但有深刻鮮明的耿介意識，而且有超世拔俗的耿介行爲。他所堅持的耿介人格是在和當時的社會氛圍以及最高統治者相衝突的行爲中而形成並存在的。封建宗法制度所欽定了一套磨滅自我的人格模式，造成大批士子馴服、麻木、萎縮、扭曲的人格形態。但是楊椒山就是不甘心如此，就是要表現爲「社會的良知」，寧可付出血的代價也在所不惜。他的耿介行爲突出表現在兩次抗疏的壯舉之中。

第一次抗疏——是在嘉靖三十年二月，他剛從南京吏部升任北京兵部車駕司員外郎。就在不久以前，京畿發生過「庚戌之變」，屬於韃靼部的俺答曾大舉入犯京師，焚掠外城數日而去。椒山一到北都，「志欲身親兵事，掃除胡虜，豈意一入兵部之後，見其上下所行俱支吾常套，不得着實幹事」。（《自著年譜》）更嚴重的是朝廷在這民族危亡關頭卻採取妥協策略，要與俺答議開馬市。椒山心如火焚，挺身而出，上了《請罷馬市疏》，力陳「十不可五謬」之說，認爲此繫國家盛衰之機，應收回成命，銳意戎兵，加強國防。怒斥了出此奸計的咸甯侯仇鸞，並指責嘉靖皇帝失信于民：「信者，人君之大寶，雖匹夫匹婦尚不可少失信義，

況于天子之尊哉？」

　　第二次抗疏——是在嘉靖三十二年正月。馬市開後不久，俺答背信棄義，仇鸞暗中通敵奸情敗露，這正證明了椒山的預見，朝廷一歲四遷其官，其中還暗含着嚴嵩欲拉攏椒山的意圖。椒山明知其意，卻不把個人得失放在心上。雖因前次彈劾仇鸞瘡瘢未合，雖經夫人勸阻「夫一侯鸞困公幾死，今相嵩父子百鸞也」，他都置於不顧，為擔天下道義，遂把一副著文章的辣手狠狠指向龐然大物嚴嵩。就在到北京上任剛滿一個月的時間，又遞上了他的第二篇萬言書《請誅賊臣疏》。疏中揭發了嚴嵩禍國殃民的「十罪五奸」，並把犀利的筆觸又一次刺向嘉靖皇帝：「不意皇上聰明剛斷，乃受嵩欺，人言既不見信，雖上天示警亦不省悟，以至於此也。」「雖逆鸞隱惡無不悉知，乃一向含容於嵩之顯惡……然不知國之有嵩，猶苗之有莠，城之有虎，一日在位，則為一日之害。皇上何不忍割愛一賊臣，顧忍百萬蒼生之塗炭乎？」

　　椒山這兩次重大的耿介行為具有突出的特點：值諱言之朝，無立言之責，初入仕途便出位建白，直言時弊，兩次相距僅一年多，表現出為國家和民族利益而獻身的道義精神。兩次矛頭所向都是最高統治者。仇鸞是當時最大的軍事寵臣。嚴嵩是內閣首輔，他集奴才相、壟斷狂、陰毒大師、虛偽型人格於一身，成為中國歷史上典型的大政客兼大貪官之一。朱厚熜是個昏君加暴君的人物，他以道流為師，以經術治國，是歷史上著名的煉丹皇帝之一，多疑、殘忍、乖戾、昏聵，成為變態型的帝王人格範型。君臣互相欺騙玩弄而長期結合，造成了一個綱紀廢弛、宦風不

正、內外交困、歲無寧日的大黑暗時期。楊椒山抗疏是這個時期對嚴嵩第一次最全面的揭露，是對天子尊顏最嚴重最大膽的觸犯，他比海瑞小兩歲，罵皇帝卻早了十幾年，表現出剛棱疾惡的伉直之氣。椒山兩次抗疏都受到極其殘酷的迫害。第一次用刑之後，被貶爲狄道典史。第二次又是廷杖，而達到極限，鎮撫司一連三番拷打一百九十二棍，脛骨夾出，手指拶斷，僅隔一天，錦衣衛又重打一百棍。硬是要往死裏打。受打之先，有人送蚺蛇膽一塊，說「服之可以禦杖」，椒山懍然答道：「椒山自有膽，何必蚺蛇哉？」遂談笑赴堂。

兩次壯舉，驚天動地，真乃國家之砥柱。兩篇奏疏，震古鑠今，實爲人間真文章。明末思想家李贄讀了第一篇奏疏批註道：「具十分識力，十分才調，二十分膽氣。」又讀了第二篇說：「若論此疏，直是具二十分識，二十分膽，二十分才矣！」（《李卓吾評選楊椒山集》）清人錢大昕在《潛研堂文集》中稱讚椒山說：「古所稱真鐵漢者，唯公足以當之！」而椒山臨刑前在獄中奮筆疾書的「鐵肩擔道義，辣手著文章」，正是他自己耿介人格的高峰雕塑。

二

楊椒山的人格力量之二——自覺的憂患。

打開他的詩篇真是一片悲涼之氣。他有冤獄之憂：「西風滿地苔痕紅，儘是渭囚冤淚血。」（《獄中紅苔》）有生死之憂：「四

海尋家何處是，此身死外更無求。」（《小雪》）有凍餒之憂：「風
滿孤城淚滿巾，高寒偏傍薄衣人。」（《因冷感興》）有孤獨之憂：
「相知舊月情如許，猶自偷穿入氣樓。」（《夜感月有懷》）有勳
業之憂：「死生浪寄乾坤外，勳業虛思泰嶽巔。」（《和趙兵馬海
壑韻》）有抱璞之憂：「璞在不妨仍泣獻，踟躕無計達楓宸。」（《元
旦》）有沉冤莫白之憂：「捫胸問心心轉迷，仰面呼天天不語。」
（《苦陰雨》）有悲士不遇之憂：「不共群芳發上苑，卻憐異種出
燕臺。」（《和商中丞朱葵》）有民族之憂：「如今胡虜正縱橫，漢
家能有幾千城？」（《東岡》）有國家之憂：「疏雪飄殘憂國淚，寒
更敲碎貫城愁。」（《小雪》）……。

　　楊椒山有無窮的憂患，他對憂患有驚人的心理承受力和肉體
承受力，很少有人能像他這樣同時經受精神和肉體雙重的巨大摧
殘，在這方面他超出許多憂患之士。廷杖是明朝一種極為殘酷的
刑罰，百杖即等於判了死刑，而且是極端痛苦凌辱的死刑。椒山
受的是最重的廷杖，但他受刑時意不散亂，口不呻吟，視己身若
外物。投入監獄後，忽而死，忽而甦，兩腿腫脹，棒瘡沖心，無
刀針可刺，並被斷絕一切藥物。他就打碎瓷碗，用竹箸綁瓷片，
打箸入瘡，兩腿打五六十孔，瘀血初噴丈餘，後順腿流地，約數
十碗。他挺身端坐，三日不眠，以防昏死。後來，他還曾親手將
刀刺入腿部一寸深，割肉放膿，還割去腿上斷筋二條。他割瘡時，
獄卒持燈手顫幾欲墜地。朝廷愈把他置於死地，他愈是偏偏不
死。他日後在詩中寫道：「回思往事真堪笑，自幸更生似有神。」
（《元旦》）他笑對死神，並不是沒有作死的準備，「性癖從來歸

視死，此身原自不隨楊。」（《朝審途中口吟》）但他卻不輕易去死，他生的頑強超過死的壯烈。他是抱着對生活悲劇和社會悲劇自覺進行體驗的一種心理情態，在積極進取中主動地走向憂患。他不惜因憂國憂民而主動去獲罪，又因獲罪而更加深自己的憂患。

　　楊椒山更深層的憂患是爲當政者不識憂患而憂患。「憂時淚應笙歌落，報主心希宇宙新。」（《有感》）當權者只知腐化享樂，這正是誤國害民的根源。椒山極爲痛心，以「淚應笙歌落」的憂患行爲與其針鋒相對。椒山還看到當政者由放棄憂患、逃避憂患而發展到故意拒絕憂患、掩飾憂患。「都城夜半初飛雪，臺省應多祥瑞詩。眼底餓夫寒欲死，來年總稔濟誰饑？」（《微雪有感》）據《明實錄》記載，每逢下雪上表稱賀已形成朝規。椒山在寫此詩的同時說：「城中餓殍死亡滿道，人人驚慌，似非太平景象。」「某以言得罪，宜絕口不言天下之事，但聞窮民痛苦之狀，若割心肺，日夜憂思，至廢寢食，故有欲默而不容忍者。」（《上徐少湖公論救荒書》）椒山對粉飾太平充滿反感，他還在詩中曾以鴉喻諫臣，以鵲喻諛臣，以聽者暗指皇帝與權貴，有力地抨擊了報喜不報憂的虛僞風氣：「惡事先傳應早避，喜來不報亦何傷？平生最愛鴉聲好，野鵲毋勞噪夕陽。」「好音唯恐隔深樹，一聽惡聲共彈羅。啼鳥亦知隨世變，鴉鳴何少鵲何多！」（《陳平山鵲噪詩以此答之》）朝廷不是完全不知憂患，但出於帝王和權貴的私憂，往往造成重大的決策失誤，隱伏著更深的國憂。「萬里河山俱帝業，如何謀計只神京？備邊自是千年計，塞外誰人築五城？」

「急病須從標上治，如何緩處用功夫？庸醫費盡篋中藥，待得良醫藥有無？」（《聞築外城》）嚴嵩不致力於富國強兵，朱厚熜只知不四面構築北京重城「未爲王制」，結果既無濟於事，又使國庫空虛。憂患的製造者卻不思承受憂患，反而把他們的享樂建築在人民的憂患之上。楊椒山在監獄的高牆鐵窗之內，不肯放棄憂患的權利，他以憂患警世醒國，顯示了他人格的力量和價值。

　　楊椒山對憂患的性質不乏理性的認識，他的憂患達到了高境界。他曾在《送張龍翁老先生拜相序》中說：「人臣不可一念之不憂也，然憂有一己之憂，有天下之憂。夫憂以一己，則其憂也私，患得患失，將至於終其身而不可解；憂以天下，則其憂也公，雖身膺無窮之慮，而天下之至可樂者隨之。」這是他對一己憂和天下憂的深刻理解，他在實踐中還昇華了這種境界。他把自己置身於天下憂中，由憂天下而遭致更多的一己憂，於是他的一己憂和天下憂水乳交融，密不可分。然而，即使這樣，他還要「疏狂忘卻一身憂，思入蒼生始解愁」（《雪晴》）。可見，對於一己憂，承認它，肯定它，是一回事，因爲它寓於天下憂之中；否認它，排除它，又是一回事，這是爲了不陷入一己之私，好使自己的愁懷變作容納天下之憂的壯懷。

　　楊椒山的憂患境界還高在他認識到憂患是改變社會現狀的一種強大動力。他在上一篇文章中還說：「先生之憂，其國家之福乎！蓋天下之事，每成於憂而敗於喜。夫喜則縱，縱則視天下之事皆易也，而忽心生；憂則畏，畏則視天下之事皆難也，而慎心生。慎忽之間，天下之治亂攸繫甚矣！」他在實踐中還擴大了

憂患的功能，不僅是憂則畏，畏則慎，慎則治，而且是憂則憤，憤則亂，亂則治。這個亂，是打破原有的某些秩序，打破朱厚熜和嚴嵩的不正當君臣關係，並否定一些腐敗現象和重大失誤。在這裏，椒山的憂患化作一股震撼朝廷的衝擊力。應該說：椒山之憂，「其國家之福乎！」

三

楊椒山的人格力量之三——理性的疏狂。

疏狂，是在理性的支配下，以大無畏的氣概，以似乎不嚴肅而實際最嚴肅的態度，以反常悖理而實際最合情理的言行，來對待社會和人生的一種特殊的人格傾向。憂患的層層陰雲裏可以閃出疏狂的電光，但是被憂患壓倒的人是疏狂不起來的；耿介的錚錚鐵骨上可以迸發疏狂的火花，但絕不是所有的耿介的人都能夠疏狂。耿介是傳統人格的共性素質，融個性於類型；疏狂是衝破傳統的個性素質，出個體於類型。耿介是內心堅守的一種情態，單色調地挺拔直立，有一個嚴肅的人生；疏狂是向外放射的一種情態，富於變化地搖曳多姿，有一個瀟灑的人生。因此，疏狂是在專制統治下一種更可寶貴的只有少數人才具備的人格情態。

椒山的疏狂是深情兼智而不變常態、不失體度的狂，其特色自有內在的深度和外在的強度。看他疏狂的主要表現：

狂思——古語云「大智若狂」，狂思即智慧之狂。椒山的狂思表現在超越權威。他早年登泰山極頂因題絕句：「志欲小天下，

特來登泰山。仰觀絕頂上，猶見白雲還。」末序云：「予讀孟子書，以爲天下唯泰山爲高也，今陟其頂而觀之，則知所謂高者，特高出於地耳。而山之上其高固無窮也。」古來登泰山者不計其數，但像椒山這樣肯突破孟子的卻不多見。他還寫有《題郭劍泉歲寒松柏卷》：「君去霜台無御史，君來秋省有刑官。百年節操唯松柏，休負當時舊歲寒。」序云：「松柏雖歲寒不凋，然色視春夏則少異矣。及至春夏欣然蒼翠若與桃李爭芬芳者，視歲寒時又異焉。不知歲寒之色爲本色耶，春夏之色爲本色耶？則松柏者，固隨時異矣！然則吾人之操，當出乎松柏之上可也。」李卓吾對此曾讚歎道：「誰敢翻孔夫子公案？」譽之爲「千古創論」（《李卓吾評選楊椒山集》）。注重實際，細觀默察，大膽懷疑，豁然頓悟，是椒山狂思的心理態勢。

　　狂情——椒山的狂情主要有兩種：一、超常的大無畏之情。《送張觀海分教偃城十韻》跋中，回憶了他下獄後，「素相與者，或遠避以示其疏，詆誹以忌其狂，間有下石肆毒以取悅邀功于權奸之門者」，而素不相識的張觀海「乃通問不絕，奔走不逮，主張於公議群聚談論之間，雖時俗輩惕以重禍不恤也」，寫到最後說「又不覺其發狂矣」。狂情在這首詩中表現爲：「君愛寒官儂愛死，古來天地幾癡人！」這裏的愛不是平常意義的愛，而是多種感情因素的衝突組合，是含恨的愛，還含着大無畏的勇。愛常人所不敢愛，恨常人所不敢恨，這也就是狂，就是癡。而這狂與癡，也不是單純的。別人眼裏，癡是傻，含着鄙視；狂是精神失常，含着忌恨。椒山眼裏，是蔑視流俗，是堅持正義，並引以自豪。

可見椒山的狂情是種多因素、多衝突、多色彩、多層面的複雜感情，是叛逆之性所爆發出來的大無畏的崇高感情。二、獨特的大幽默之情。「三月不知春色暮，重門深鎖貫城寒。東風錯認王侯院，誤送飛錢落枕單。」（《風送榆錢入戶》）「踏碎塞城誰問罪，深居台閣亦加封。聖明恩闊同天地，不論無功與有功。」（《賞功喜作》）初看似無所謂狂，但設身處地加以體察之後感到真狂得可以。前者冷嘲了東風和王侯，看似開了個小玩笑，其實開了個大玩笑；後者熱諷了朝廷，實爲怒作，卻說是「喜作」，朝廷實爲昏庸無道，卻說是「聖明恩闊」。羈身於縲絏血淚之中，尚能出此幽默，這是一種對大恨大愛或大痛苦帶戲劇性趣味的超脫之情。從這裏可以看出椒山狂情的內在極致。

狂態——椒山的狂態並不失於常態，但具體來看又絕不尋常。一種是忘：「疏狂忘卻一身憂」（《雪晴》），「坐臥渾忘是楚囚」（《小雪》），這不是一般的忘，而是難以忘卻的他能忘卻。一種是笑：「區區懷抱俱春意，笑爾高秋奈我何！」（《九日崑峯賜飲擬和劉靜修先生〈九日九飲〉歌韻體》）這不是普通的笑，而是面對危難發出的大笑。一種是睡：「逐日課程唯有睡，百年勳業本無心。聖君賜我安閒地，好做羲皇世上人！」（《夏午睡胡敬所年兄因見教作此和謝》）一個本來勤政愛民的人如今只有在獄中昏睡，這是與當朝絕大的不調和。說聖君比昏君還刺耳，說安閒地比囚牢還難聽，說盛世太古之人比說濁世囚犯還尖刻。一種是醉：椒山在入獄後的第一個重陽節寫了《九日崑峰賜飲擬和劉靜修先生〈九日九飲〉歌韻體》大型組詩九首，充分展現了他的狂

態無不包含着他的狂思和狂情。看他醉態初現，多麼快活，西風短鬢任其婆娑，一飲二飲之後，突然從生死中超脫：「三飲幽人發浩歌，百年風月屬予多。此身不是乾坤蒂，留我蒼天欲若何？」徜徉人生，一片詼諧。令人想起他在《壽少湖徐公序》中所說：「人知壽於年者爲壽，而不知壽於理者斯壽之真；知壽于身者爲壽，而不知壽於天下者斯壽之大；知壽于目前者爲壽，而不知壽於身後者斯壽之永。」他感到屬於自己的風月夠多了，他不禁向蒼天發問。接着，「醉顏酡」的狂態畢露之後：「五飲起來鼓缶歌，萬年宇宙一紅螺。閑中看破盈虛殼，聚散浮沉總太和。」醉意朦朧地表達了他的宇宙觀、人生觀，心胸闊大，眼界高遠，似乎看破了一切奧秘。「六飲將酣豪興多，仰天長嘯奈吾何？片雲忽暗樓頭月，只欲凌虛一拂摩！」狂態與狂情都達到頂峰，凌空欲飛，超乎尋常地抒發出與黑暗鬥爭的豪興。到了八飲，直接點明自己的疏狂：「八飲自驚飲量過，疏狂成癖竟如何？縱然痛飲珍珠酒，卻恐酕醄語更多！」珍珠，蚌類所生，蚌一觸即合口，而椒山酕醄狂語，不改初衷。最後，九飲表達了「釀成四海合歡酒，欲共蒼生同醉歌」的願望。這組詩可說是椒山一次難得的人生逍遙，身困冤獄，心懷逸興，參破生死，嘯傲宇宙，一派狂態、狂情、狂思，給我們展現了一個狂放不羈的椒山。

　　椒山的疏狂比他的耿介和憂患更有魅力，因爲這是被統治者視爲眼中釘予以扼殺而在固有文化傳統裏頗爲罕見的一種新的人格因素。椒山在自己的遭逢際遇中自覺不自覺地體驗到了它。「回頭往事渾如夢，識破塵寰半局棋。」（《觀新曆》）他反思着，

省悟着，終於或多或少悟出了「自我」，「歸去此身方屬我，愁來何事最傷神？」（《因冷感興》）「醒初幻枕俱爲夢，歸去此身方屬君。」（《送宋司獄致仕》）這裏不能不說有了一點自我意識覺醒的萌芽。他還在《五歲兒入視遣歸不去同宿數夜有感》詩裏寫道：「良知好向孩提看，天下無如父子親。我有乾坤大父母，孝情不似爾情真。」他讚美良知，是和比他早一點的王陽明的「良知說」及比他晚一點的李卓吾的「童心說」一脈相通的。肯定良知即肯定主體，最高權威是赤子良知，而不是經典，也不是天。他還在《祭易州楊五文》中對天表示不敬，「老天何福善禍淫之不公如是耶」，「抑南泉古直不善媚天爾耶」，「恨欲飛步太虛，親問老天」。他恨不能擺脫社會權勢和天的束縛，這便是他疏狂的深層原因。權勢上的弱者要做人格上的強者，這當然不爲朝廷所宥，不爲權貴所容。他之所以遭受迫害，與其說因爲耿介，不如說因爲疏狂。狂字在中國經典裏原多貶義，社會愈貶其狂，椒山愈顯其狂，愈要一再自我聲稱，借此表示同權勢和世俗的對立與抗衡：「秣陵故舊如相問，爲道疏狂病未除！」（《送徐子輿讞獄江南》）「疏狂見慣榮枯事，鴉鵲從今俱慢啼。」（《因前作諭鴉鵲》）「短鬢婆娑烏布巾，分明天地一狂人！」（《有感》）

## 四

　　耿介、憂患、疏狂，三者融於一身，成就爲一個完整的椒山。我們在對椒山人格進行審美觀照時，發現他常常以生動的比托和

象徵在詩文中藝術地塑造着自己。這些比托和象徵因被賦予主體獨特豐富的生命內涵而益增其美，簡直就成了椒山人格的化身。

化身爲鐵——除了「鐵肩」詩外，還有：「乾坤一草閣，宇宙半胸襟。宿雨千年淚，明霞萬古心。疏燈暗客夢，佳興帶愁吟。肌骨渾如鐵，寒威任爾侵！」（《寒夜和敬所韻》）這「鐵」的含量很大，是椒山骨氣型人格的一個突出象徵。

化身爲春——「凍日摧寒色，狂風送冷塵。慢愁衣服薄，眼底是陽春。」「彤雲迷白晝，涼落暗風塵。宇宙誰知己，圜城別有春。」「寂寂門常掩，素衣無緇塵。誰吹鄒子律，寒谷欲回春。」（《苦冷》三首）這「春」，是椒山的理想、信念、熱情、勇氣和生命力的一個美好象徵。

化身爲月——「風蹴水晶碎，彩聯珠翠浮。何如皎皎月，是我大燈球。」「有月何須燭，無雲不怕風。借誰竿百尺，光照九天中。」（《元夜獄中自製素紙燈籠獄卒以無文彩索詩賦此》二首）這「月」，又是椒山蘊於大黑暗裏的光明心性的一個象徵。

化身爲梅——椒山寫有一首《題梅軒號》，洋洋灑灑，意象無窮，在中國古典詠梅詩篇裏實不多見，特不吝筆墨，錄其全篇：

　　江南有梅不見雪，冀北雪多梅花稀。
　　唯有中州風土好，梅花雪花相映輝。
　　孤根深托雲石裏，天與清香豈偶爾？
　　不向春光藉艷陽，甯隨上苑爭桃李？
　　老幹雪鋪翻助清，層冰萬丈影涵明。
　　幽姿皎皎塵埃絕，琴瑟逼人冷氣生。
　　萬樹叢中呈淡妝，百花頭上吐寒芳。
　　儵然遠嶠輕風起，吹落乾坤草木香。

一枝潔素羞粉白，娟娟月姬著新裳；
一枝黃萼梁園發，攢金綴粟色微茫；
一枝朱英丹換骨，錯認夭桃帶淺霜；
一枝紫蕤蕾初破，曉霞飛落緋衣旁；
一枝同心並頭開，晴沙酣睡雙鴛鴦。
疏影籠月，瘦骨插天，勁梢穿石，枯隙藏煙。
鶯蝶不相識，風雨更嬌妍。
冰葩凍蒂應難落，一任淒涼羌管弄前川。
古瘦清香原太始，品題群花更無比。
一段幽閒唯自知，豈容凡眼窺紅紫？
羨君孤梗迥絕俗，梅花如人人如玉。
得意移來軒後栽，松竹交映愜衷曲。
樽酒相看花解語，似促早上金門去。
商家正須和羹材，休為花神滯野墅。
花落結實調鼎春，烹來端可薦楓宸。
唯願分種千萬山，以解蒼生萬斛之渴塵！

這全是椒山心目中的梅，這是矛盾中的至美。雪裏春色，氣
象萬千，人與梅相映，友與我相融，契合滲透，化而為一，耿介、
憂患、疏狂，渾然於其中。這「梅」，不就是椒山麼？

這是「冰葩凍蒂應難落」的梅呀！雖然椒山最終被害，但是
這梅永在，這春永在，這月永在，這鐵永在，這歌聲永遠響在天
地間：

浩氣還太虛，丹心照萬古。
生前未了事，留與後人補！

他高唱着《臨刑詩》走了，但他什麼也不曾帶走，他把一派
浩大剛正之氣還給太虛空間，他把一顆光明磊落之心交給萬古時
間，他給後人留下一個激越悲壯的歷史強音⋯⋯。

# 校注說明

　　這可以說是楊繼盛詩文的第一個比較完備的標點校注本。所據版本有以下數種：

　　明隆慶三年憚應明校刻《楊忠愍公集》六卷（簡稱隆慶本）。

　　四庫全書存目叢書補編《李卓吾評選楊椒山集》（簡稱李本）。

　　清康熙三十七年胡范刻本《楊椒山先生集》四卷（簡稱胡本）。

　　四庫全書《楊忠愍集》四卷（簡稱四庫本）。

　　《乾坤正氣集》（道光求是齋刊版）收潘錫恩校《楊忠愍公集》（簡稱乾坤正氣集本）。

　　清同治五年符離張景賢重刊本《楊椒山先生集》四卷（簡稱同治本）。

　　清光緒十九年味荼廬校刊《楊忠愍公全集》四卷（簡稱味荼廬本）。

　　福州正誼書院藏版《楊椒山集》二卷（簡稱正誼堂本）。

　　畿輔叢書《楊忠愍公集》二卷（簡稱畿輔本）。

　　清光緒二十二年順德龍氏知服齋叢書《楊忠愍公集》五卷（簡稱知服齋本）。

　　清光緒二十四年俞廷獻重修《三賢集》。

　　正中書局 1937 年出版《五忠集》。

　　楊繼盛被嘉靖皇帝殺害十二年後才得以平反，其詩文流散隱

掩多年才重見天日，搜集實屬不易。四庫全書館臣因有所避諱，
對楊繼盛詩文特別是兩篇奏疏，作過不少文字改動，其他清朝刊
本亦然，所以各本多有異文。鑒於明隆慶本最接近原貌，清知服
齋本搜集楊椒山詩文最全，所以校勘時以這兩種版本爲主要依
據，參核其他各本。還參考了叢書集成初編《楊忠愍公遺筆》、
叢書集成新編《楊椒山遺囑》、北京圖書館藏珍本年譜叢刊《椒
山先生自著年譜》及《遺囑》、中國社會科學院歷史研究所學刊
第一集《社會科學文獻》、《明文匯》等多種文獻。箋注力求簡明。
文字勘定擇善而從，有的列出幾種主要版本異同，請讀者自行比
較。

# 楊椒山集校注　卷一

## 請罷馬市疏

　　兵部車駕清吏司署員外郎事、主事，臣楊繼盛謹奏[1]：爲乞賜聖斷，罷開馬市，以全國威，以絕邊患事。

　　臣以南京吏部驗封清吏司主事，考滿到京[2]，陞臣今職。荷蒙皇上養育簡用之恩，雖粉骨碎身，何以克報！況臣官居兵曹，職專馬政，覩此開馬市之誤，豈敢苟避禍患，隨眾隱默不言！

　　竊惟去年胡虜悖逆天道[3]，大肆猖獗，犯我城闕，殺我人民，擄我妻子，焚我廬舍，驚我陵寢，其辱我中國極矣。臣在南都傳聞此報[4]，冠髮上指，肝腸寸裂，恨不能身生兩翼飛至都下[5]，以剿逆賊，以報國讎。茲者恭遇皇上赫然震怒[6]，選將練兵，克日興師[7]，聲罪致討，以報百萬赤子之讎，以雪城下凌辱之恥，不惟天下臣民共相慶幸，我列祖在天之靈亦相慶幸多矣！

　　及臣至都下，見俺答求開馬市之書[8]，大放肆無狀。竊意上

[1] 兵部：官署名。明代領武選、職方、車駕、武庫四清吏司。車駕司，掌鹵簿、儀仗、禁衛、驛傳、廄牧之事。　員外郎：官名。從五品，簡稱外郎或員外。通稱副郎。　事：職守。　主事：明代為司官。秩正六品。由進士選任，或由外官知縣等升任，以掌管文牘雜務為主，亦分掌郎中、員外郎之職，並握有實權。楊繼盛舉嘉靖丁未進士，授南京吏部驗封司主事，辛亥年陞兵部車駕司員外。

[2] 考滿：明清考核官吏制度，指官吏的考績期限已滿。

[3] 竊：謙詞。私下，私自。　惟：考慮，想。　胡虜：四庫本作「賊寇」。知服齋本作「套眾」。五忠集本作「俺答」。此取隆慶本、李本。

[4] 南都：即南京。明初建都南京，成祖遷都北平，稱為北京。改稱南京為南都。

[5] 都下：京都。指北京。

[6] 茲者：茲，此；者，指代事或物。這裏相當於「此時」。

[7] 克日：亦作「剋日」。約定或限定日期。

[8] 俺答：俺答汗，或譯諳達、安灘、阿勒坦汗等。明代蒙古達延汗之孫、賽那剌次子。蒙古右翼土默特萬戶首領。屢次用兵，擴張勢力。嘉靖二十九年曾兵臨北京城下。次年仇鸞議開馬市於宣府、大同等地，以為緩寇之計。

觸聖怒，其征討之志已決，其問罪之師斷不可已。及廷臣會議，題奉欽依[9]，准暫開行，臣不覺仰天大呼，喟然長歎曰：「國事乃至此哉！國事乃至此哉！」夫以漢之武帝，唐之太宗，不過二霸主耳，猶能威震夷狄[10]，氣壓突厥[11]。以皇上之英武，國家之全盛，英雄豪傑、勇夫壯士之伏于草茅下位者，又不可勝數；其蠢茲胡虜，反不能生擒酋長[12]，剿絕苗裔，而乃爲此不得已下策之事哉！臣請以開馬市之十不可者，爲皇上陳之。

夫開馬市者，和議之別名也。虜素賓服[13]，尙不可言及此。去年入寇，殺擄如此之慘，則神人所共憤，不共戴天之深讎矣。今不惟不能聲罪復讎，而反與之爲此和議之事，何以上解列祖之怒，下舒百姓之恨乎？此忘天下之大仇，一不可也。

信者，人君之大寶。雖匹夫匹婦，尙不可少失信義，況于天子之尊哉？皇上北伐之命屢下，臣民所共知，四裔所共喻者也[14]。方今各處兵馬集矣，糧草器械備矣，天下日夜引領[15]，仰望王師之興，真若大旱之望雲雨也。乃翻然而有開馬市之議，則平日之所以選將練兵者爲何？備糧草精器械者爲何？不有以孤百姓仰望之心乎[16]？此失天下之信義，二不可也。

人君居中制外，統馭四夷[17]，以其有國威之重，以屈服之也。

---

[9] 題奉欽依：奏請皇上依准。

[10] 夷狄：古稱東方部族爲夷，北方部族爲狄。四庫本作「方外」，隆慶本、畿輔叢書本、知服齋本、《李卓吾評選楊椒山集》均作「夷狄」。

[11] 突厥：廣義指突厥、鐵勒諸部落，狹義指突厥汗國。其先爲匈奴別種。遊牧於金山（今阿爾泰山）以南，山狀似兜鍪（古戰盔），其俗呼兜鍪爲突厥，因以爲號。其勢漸強，擊鐵勒，破柔然，建政權于鄂爾渾河流域。隋唐之際，分爲東西二部。

[12] 蠢：騷動，蠢蠢欲動。　茲：此，這。　酋長：部落首領。

[13] 賓服：歸順，投誠。

[14] 四裔：四方邊遠地區的人。隆慶本作「四夷」。此取四庫本、知服齋本。　喻：知曉。

[15] 引領：伸頸遠望。多以形容期望殷切。

[16] 孤：辜負，對不住。

[17] 四夷：古代華夏族對四方少數民族的統稱。四庫本作「四裔」，五忠集本作「四彝」。此取隆慶本、李本、知服齋本。

今以堂堂天朝之尊，而下與俺答為此交易之事[18]，是天壤混淆，冠履同器[19]，將不取笑於天下後世乎？此損國家之重威，三不可也。

天下豪傑聞胡虜殺戮人民之慘[20]，姦擄婦女之辱，其憤恨不平之氣，皆欲與逆賊決一死戰。雖深山窮谷之隱逸，亦願出以復天下之讎。今馬市一開，則舉相謂曰：「朝廷忘赤子之讎，厭兵甲之用矣，將焉用我哉！」將見在林下者不肯出[21]，在冊籍者將謀去矣[22]。異日欲復召號，誰肯興起？此隳豪傑效用之志[23]，四不可也。

自去歲大變之後，天下頗講武事，雖童子儒生亦知習兵。此機既動，兵將日強。今馬市一開，則舉相謂曰：「中國夷狄已和[24]，天下已無事矣，將焉用武哉？」有邊鎮之責者，日弛其封守之防；無兵戎之寄者，益惰其偷安之氣矣。廢弛既久，一旦有急何以整頓？此懈天下修武之心，五不可也。

宣大人民懷攜貳之心久矣[25]，一向雖有交虜之事[26]，猶畏王法之嚴，而不敢自肆也。今馬市一開，則彼之交通者[27]，乃王法所不禁，將來勾引之禍可勝言乎？此開邊方通虜之門[28]，六不可

---

[18] 俺答：四庫本為「賊寇」，隆慶本、李本為「犬羊」。此取知服齋本。

[19] 冠履同器：帽與鞋放在一個器內。比喻邪與正共處，或敵與我不分。

[20] 胡虜：四庫本為「賊寇」，知服齋本為「答眾」。此取隆慶本、李本。

[21] 林下：山林田野退隱之處。

[22] 冊籍：登記的名冊。

[23] 隳（huī）：通「惰」。懈怠。

[24] 夷狄：四庫本作「外域」。此取知服齋本、李本。

[25] 宣大：指宣府鎮（今河北宣化）、大同鎮（今山西大同市）兩地。 攜貳：不同心，不團結。知服齋本作「攜義」。

[26] 交虜：知服齋本作「外交」，畿輔本作「交□」，四庫本作「交寇」。此取隆慶本、李本、五忠集本。

[27] 交通：交往。

[28] 通虜：畿輔本作「通□」，四庫本作「通賊」。知服齋本作「私通」（同《御選明臣奏議》）。此取隆慶本、李本。

也。

　　天下人民憚于水旱征役之苦，人人有思亂之心，特畏國家之兵威，而不敢變動也。今馬市之開，則彼皆以爲天下兵威已弱，蠢茲醜虜，尚不能服[29]，羣起爲盜，又焉能制！則將來腹心之變可勝言乎？此起百姓不靖之漸[30]，七不可也。

　　去歲胡虜深入[31]，雖未見一兵交戰，然猶以爲我軍倉卒未備，其疑畏之心尚在也。今皇上聲罪致討，調兵半年，及至於今，止爲馬市之開，則彼得以窺我之虛實矣，目中又奚有乎我哉？此長胡虜輕中國之心[32]，八不可也。

　　俺答之性，變詐無常[33]，謀深計巧，反出我之上，我將欲以此羈縻乎彼[34]，殊不知彼實以此愚弄乎我。或遣重臣載金帛至邊，等候開市，彼違約不來交易，未可知也。或因交易而即行猖獗，撞關而入，未可知也。或今日交易而明日入寇，未可知也。或遣衆入寇而駕言別部落入寇，未可知也。或以疲馬而過索重價，或因市馬而過討重賞，或市馬之後而別有分外不堪之求，又未可知也。是我不能以羈縻乎彼，彼反得以愚弄乎我矣。此墮胡虜狡詐之計[35]，九不可也。

　　胡虜之産馬有窮[36]，中國之生財有限。大同之馬市一開，宣

---

[29] 醜虜：對敵人的蔑稱。知服齋本、《御選明臣奏議》作「小醜」。四庫本作「醜賊」。此取隆慶本、李本、五忠集本。

[30] 不靖：不安寧，騷亂。　漸：端倪，迹象。

[31] 胡虜：知服齋本作「答眾」，四庫本作「賊寇」。此取隆慶本、李本。

[32] 胡虜：四庫本作「賊寇」，知服齋本作「北敵」。此取隆慶本、李本。

[33] 俺答：四庫本作「賊寇」，隆慶本、李本作「犬羊」。此取知服齋本。

[34] 羈縻：籠絡；束縛。

[35] 胡虜：四庫本作「賊寇」，五忠集本作「俺答」。知服齋本作「賊人」。此取隆慶本、李本。

[36] 胡虜：四庫本作「賊寇」，五忠集本作「俺答」，知服齋本作「彼地」。此取隆慶本、李本。

府延綏等處定不可罷[37]，以馬與銀數計之，每年市馬約數十萬匹，四五年間須得馬數百萬匹，每年約用銀數百萬兩，四五年間須費銀數千萬兩。一旦胡虜之馬已盡，中國之財告乏，將安處乎？永久之計將安在乎？此中國之財胡虜之馬兩難相繼，十不可也。

彼倡爲開馬市之議，以欺誑皇上者，其謬說不過有五。

有曰：外開馬市暫以爲羈縻之術，內修武備實以爲戰守之計耳。殊不知馬市之開，乃所以羈縻乎我，非所以羈縻乎彼也。虜性無饜[38]，請開馬市之後，或別有所請，許之，再有所請，又許之，請之不已，漸至於甚不堪者。一不如意，彼即違約，則彼之入寇爲有名，我之不應其所求爲失信矣。孰謂俺答無饜之欲[39]，可以市馬之小利羈縻之乎？如曰欲修武備以圖戰守，雖不用此羈縻之術亦可矣。此其說之謬一也。

有曰：方今急缺馬用，正欲買馬，一開馬市，則我馬漸多，彼馬漸少，豈不兩便！然市馬非以之耕田駕車也，不過爲征虜計耳。如交易果可以無事，則市馬又將安用乎？不益重其寄養之擾乎[40]？況虜以馬爲生[41]，彼安肯以自乘之良馬，而市於我乎？不過瘦弱不堪之物，不服水草，將不日俱斃而已。此其說之謬二也。

有曰：初許市馬，暫繫乎俺答之心[42]，將來許貢[43]，則可爲

---

[37] 大同、宣府：見前注[25]。　延綏：明九邊之一。初治綏德州（今陝西綏德縣），成化七年移治榆林衛（今陝西榆林市）。

[38] 虜：取隆慶本、李本、五忠集本，四庫本作「賊」。知服齋本作「夷」。　無饜：同「無厭」，不能滿足。

[39] 俺答：四庫本作「賊寇」，隆慶本、李本作「犬羊」。此取知服齋本。

[40] 寄養：謂將牲畜、家禽等託付別人代養。知服齋本、五忠集本等作「寄養」。李本作「紛紛」。

[41] 虜：知服齋本作「彼」。四庫本作「賊」，此取李本、五忠集本。

[42] 繫乎：束縛於。　俺答：四庫本作「賊寇」，隆慶本、李本作「犬羊」。此取知服齋本、五忠集本。

[43] 許貢：許願賞賜。

永久之計。夫謂之進貢者，豈古之所謂「咸賓」、「來王」者哉[44]？不過我賄彼以重利，苟免目前之不來。彼貪我之重利，暫許目前之不入耳。況市馬我猶得以少償其費。許貢，則彼白手來取重利矣。是市馬則獲小利而無名，開貢則雖有名而費大，市馬固不可，許貢亦豈可哉？此其說之謬三也。

有曰：虜雖犬羊最不失信[45]，觀其聲言某時搶某處，再不愆期，可驗彼既許其市後不來，則斷保其再不入寇。殊不知虜之種類日繁[46]，加之以擄掠人口日增，其日用之服食器用，俱仰給於中國。市馬之利，焉足以盡供其所費？彼非盡皆義士，孰肯守小信而甘於凍餒以至於死乎？縱使少有羈縻，不過暫保一二年無事耳。不知二三年之後，將何如處哉！此其說之謬四也。

又有曰：佳兵不祥[47]，不可輕用，與其勞師動眾征討於千里之外，而勝負難必[48]，孰若暫開馬市，休兵息民，而急修內治之為上乎？噫！為此說者，是損國家之兵威，養敵寇于日盛[49]。壞天下之大事，必自此言始矣。若曰佳兵不祥，則舜之征苗[50]，文

---

[44] 賓服來王：皆為歸順，前來朝王。《尚書·周書·旅獒第七》：「嗚呼！明王慎德，四夷咸賓。」言明王慎德以懷遠，故四夷皆賓服。《尚書·虞書·大禹謨》：「無怠無荒，四夷來王。」

[45] 虜雖犬羊：四庫本作「賊雖狡詐」，五忠集本等作「虜雖夷狄」，畿輔本作「□雖□□」。知服齋本作「俺答平日」。此取隆慶本、李本。

[46] 虜：四庫本作「賊」，知服齋本作「彼」。此取隆慶本、李本。

[47] 佳兵：語出《老子》「夫佳兵者，不祥之器」。原意謂兵器是不吉利之物。一說「佳」當作「隹」（古「唯」字）。後沿用為堅甲利兵或好用兵之義。

[48] 必：斷定。

[49] 敵：李本作「虜」，四庫本作「賊」。此取知服齋本。

[50] 苗：我國古代部族名。亦稱三苗、有苗。《史記·五帝本紀》：舜帝時，「三苗在江淮、荊州數為亂」，「遷三苗于三危，以變西戎」。

之遏莒[51]，湯之伐葛伯[52]，高宗之伐鬼方[53]，豈盡皆不祥者哉？蓋春生秋殺之迭行，上天生物之道也，恩賞兵刑之並用，王者御世之權也。譬如人身，四肢俱爲癰疽，毒日內攻，乃猶專食膏粱，而憚用藥石，將不至於傷其元氣乎？此其說之謬五也。

夫此十不可五謬之說明白易知，則馬市之開不利於我中國明矣，而於虜賊則甚利焉[54]。蓋數十年來，虜賊以中國之百姓爲佃戶，秋後則入而收其租。雖已得計，猶有往來奔走之苦、日夜殺人之勞也。去年入寇，莫敢與敵，虛實既已覘矣[55]。故今請開馬市，則可以坐收中國之重利。況馬多擄自中國者，春時草枯則市之，秋後馬肥則入而再擄之，及至來春又再市之。以輪迴之馬獲青蚨之利[56]，是昔日彼猶爲出門討租之人，今日我則爲上門納租之戶。臣言及此，其憤恨可勝言哉！

夫此事利於虜賊而不利於中國[57]，滿朝臣工皆知其不可。然有人敢議而行之，無一人敢非而止之者，何哉？彼議而行之者，其意以爲征討之事已難收拾，虜再入寇[58]，皇上剛明，必追究夫謀國者之不忠、專征者之不勇，誤事之禍何以能免！況前日交通已有成效，莫若委曲致開馬市，猶可二三年苟延，日後時事未知如何，且暫免目前之禍，暫固目前之寵，虜縱背約，再爲脫避之

---

[51] 遏莒：《詩經・大雅・皇矣》：「王赫斯怒，爰整其旅，以按徂莒。」按，遏止。旅，通莒，古國名。《孟子・梁惠王上》引此詩時作「以遏徂莒」。此指周文王之勇。

[52] 葛伯：夏時諸侯。相傳葛伯不祭祀，商湯以用作祭品的牛羊，被葛伯所食；湯命亳眾爲葛助耕，葛伯又搶奪助耕人的食物，殺死送食物的童子，湯起兵將之攻滅。（《孟子・滕文公下》）

[53] 高宗：名武丁，是殷朝最有名的國君之一。　鬼方：是西北地方部落王國，與殷接壤。《周易・既濟》：「高宗伐鬼方，三年克之。」

[54] 虜賊：知服齋本作「敵人」，五忠集本作「俺賊」，四庫本作「寇賊」。此取隆慶本、李本。

[55] 覘（chān）：窺視；偵察。

[56] 青蚨：蟲名。古有「青蚨還錢」傳說。後用以指錢幣。

[57] 虜賊：知服齋本作「敵人」，四庫本作「寇賊」。此取隆慶本、李本。

[58] 虜：四庫本作「賊」，知服齋本作「敵」。此取隆慶本、李本、五忠集本。

計未晚也。然不思皇上所以寵任之專、禮遇之厚、爵位之重、錫予之隆者[59]，蓋欲其主張國是，征討逆賊也，豈徒欲開馬市而已哉！其所以不敢非而止之者，其意以為事權既不在我，時勢已至鶻突[60]，有欲謝重擔於人而無由者，吾何以冒禍擔當！使有所言，而馬市罷開，弛其防守，而虜再深入，則必歸咎于止開馬市之人，加之以誤國事之罪矣。孰若隱默不言，大家因循之為上乎！然胡虜之寇與不寇[61]，不係于馬市之開與不開，前此未嘗有議開馬市而止之者，去年胡虜何以深入[62]。此時罷開馬市，虜或入寇，亦與去年同耳。止開馬市之人，夫豈誤天下之事者哉！

臣以孤寒進士，初入仕途，父母早喪，妻子無依，非不知隱默足以自保，言事足以取禍也。竊惟皇上初時震怒奮武，其氣若此之壯，命將征討，其志若此之勇，則知今日馬市之開乃議者之奸計，斷非皇上之本心也。以皇上之英武，而臣下庸軟避事，不足以副之。心欲持行，而手足痿痹，良可深恨。此事係國家盛衰之機，臣敢預憂後禍，忍心隱默乎？

伏乞皇上俯察愚臣之罪言，回思欲討之初志，念俺答之志欲難饜[63]，非市馬小利足以係屬其心。祖宗之社稷無疆，非二三年苟安無事，可以永保其緒[64]，收回成命，罷開馬市，銳意戎兵，決志征討，務欲擒俺答于闕前[65]，驅醜虜于海外，使虜之畏乎

---

[59] 錫予：賜給的財物。

[60] 鶻突：模糊，混沌不清。

[61] 胡虜：四庫本作「寇賊」。知服齋本作「敵人」，五忠集本作「俺答」。此取隆慶本、李本。

[62] 胡虜：四庫本作「寇賊」。知服齋本作「敵眾」，五忠集本作「俺答」。此取隆慶本、李本。

[63] 俺答：四庫本作「賊寇」，知服齋本作「敵人」，李本作「犬羊」。此取隆慶本、五忠集本。　饜（yàn）：滿足。

[64] 緒：指前人未竟之功業。

[65] 闕：借指宮廷或京城。

我[66]，亦猶我之防乎彼，則上而祖宗幸甚！下而臣民幸甚！謹
奏。

---

[66] 虜：四庫本作「賊」，知服齋本作「彼」。　此取隆慶本、李本、五忠集本。

# 請誅賊臣疏

兵部武選清吏司署員外郎事、主事,臣楊繼盛謹奏[1]:為感激天恩,捨身圖報,乞賜聖斷,早誅奸險巧佞專權賊臣,以清朝政,以絕虜患事。

臣前任兵部車駕司員外郎,諫阻馬市,言不及時,本內脫字,罪應下獄。被逆鸞威屬問官[2],將臣手指桚折[3],脛骨夾出,必欲置之於死。荷蒙皇上聖恩,薄罰降謫,不二年間,復升今職。夫以孤直罪臣,不死逆鸞之手,已為萬幸,而又遷轉如此之速[4],則自今已往之年,皆皇上再生之身,自今已往之官,皆皇上欽賜之職也。

臣蒙此莫大之恩,則凡事有益於國家可以仰報萬一者,雖死有所不顧。而日夜祇懼,思所以捨身圖報之道,又未有急於請誅賊臣者也。況臣官居兵曹,以討賊為職。然賊不專于胡虜[5],凡有害於社稷人民者,均謂之賊。臣觀大學士嚴嵩盜權竊柄[6],誤

---

[1] 武選清吏司:兵部所屬四司之一。分掌武職官員的選授、品級、封贈、襲蔭,考察各地險要而建置營汛,及管理土司武職官員的承襲、封贈等事。

[2] 逆:叛逆。　鸞:仇鸞,字伯翔。明陝西鎮原(今屬甘肅)人。仇鉞孫。嗣侯爵。任甘肅總兵,因阻撓軍務被劾革職。乃投靠嚴嵩,得重用。嘉靖二十九年,任平虜大將軍,抵禦進逼京師之韃靼俺答汗,諱敗冒功,加太保,總督京營戎政。俺答款關請市,鸞與嵩相結,遂開馬市于大同宣府。後與嚴嵩爭寵。死後,嵩黨揭發其罪惡,追奪官爵,戮屍,傳首九邊。　威:強暴。　屬:依託。

[3] 桚(zǎn):同「拶」。舊時夾手指的酷刑之一。

[4] 遷轉:謂官員升級。楊繼盛一歲四遷。見《自著年譜》。

[5] 胡虜:四庫本作「外患」,知服齋本作「戎敵」,正誼堂本、畿輔本作「寇敵」,五忠集本作俺答。此據隆慶本、李本。

[6] 嚴嵩(1480-1565):字惟中,號介溪。江西分宜人。弘治進士。先後任侍講、國子監祭酒、南京禮部尚書、禮部尚書兼翰林學士、武英殿大學士。嘉靖二十三年居首輔。貪賄賂,除異己,恃寵攬權,父子濟惡。晚年弄權之狀漸露,被劾解職,罷官為民,寄食墓舍,老病以死。著《鈐山堂集》。

國殃民，其天下之第一大賊乎！方今在外之賊，惟胡虜爲急[7]；在內之賊，惟嚴嵩爲最。胡虜者，犬羊之盜[8]，瘡疥之疾也；賊嵩者，門庭之寇，心腹之害也。賊有內外，攻宜有先後，未有內賊不去，而可以除外賊者。故臣請誅賊嵩，當在剿絕胡虜之先。

且嵩之罪惡貫盈，神人共憤。徐學詩、沈煉、王宗茂等[9]，常劾之矣。然止皆言嵩貪汙之小，而未嘗發嵩僭竊之罪[10]。嵩之奸佞又善爲撱飾之巧，而足以反誣言者之非。皇上之仁恕，又冀嵩感容留之恩，而圖爲改邪歸正之道，故嵩猶得竊位至今。嵩於此時，日夜感恩改過可也，豈意懼言者之多，而益密其彌縫之計[11]。因皇上之留，而愈恣其無忌憚之爲。衆惡俱備，四端已絕[12]，雖離經畔道取天下後世之唾罵[13]，亦有所不顧矣。

幸賴皇上敬天之誠，格於皇天[14]，上天恐奸臣害皇上之治，而屢示災變以警告。去年春，雷久不聲，占云「大臣專政」。然臣莫大於嵩，而專政亦未有過於嵩者。去年冬，日下有赤色，占云「下有叛臣」。夫曰叛者，非謀反之謂也。凡心不在君而背之

---

[7] 胡虜：四庫本作「邊境」，畿輔本、正誼堂本作「寇敵」，五忠集本、知服齋本作「俺答」。此據隆慶本、李本。

[8] 「胡虜」七字：四庫本作「賊寇者邊境之盜」，畿輔本、正誼堂本作「寇敵者大洋之盜」。知服齋本作「俺答者邊圉之盜」，五忠集本作「俺答者夷狄之盜」。此據隆慶本、李本。

[9] 徐學詩：字以言。上虞（治今浙江上虞東南）人。嘉靖二十三年進士。官刑部郎中。二十九年俺答薄京師，既退。詔詢制敵策，學詩認爲大奸柄國亂之本，因疏陳嚴嵩奸狀。被革職。隆慶初，起南京通政參議，未到任卒。著《石龍庵詩草》。　沈煉：字純甫，號青霞。會稽（今浙江紹興）人。嘉靖十七年進士。歷官知縣、錦衣衛經歷。俺答犯京師，上疏彈劾嚴嵩十大罪。廷杖數十，謫佃保安，辦學教邊民。後被嚴嵩父子誣陷與白蓮教徒謀亂，斬首宣府市。隆慶初贈光祿少卿。著《青霞集》、《鳴劍集》等。　王宗茂：字時育，號虹塘。京山（今屬湖北）人。嘉靖二十六年進士，授行人。三十一年升南京御史。上疏彈劾嚴嵩八罪，貶平陽縣丞。嵩罷相之日，宗茂卒。隆慶初，贈光祿少卿。

[10] 僭（jiàn）竊：僭冒名位超越本分，竊取權柄。

[11] 彌縫：設法遮掩以免暴露。

[12] 四端：指仁、義、禮、智四種道德觀念的開端。

[13] 離經畔道：指行爲不正，違背經典，叛逆正道。

[14] 格：感動。

者，皆謂之叛。然則背君之臣，又孰有過於嵩乎？如各處地震，與夫日月交食之變，其災皆當應於賊嵩之身者，乃日侍其側而不覺，上天仁愛警告之心亦恐怠且孤矣。不意皇上聰明剛斷，乃甘受嵩欺，人言既不見信，雖上天示警亦不省悟，以至於此也。臣敢以嵩之專政叛君之十大罪，爲皇上陳之。

我太祖高皇帝親見宰相專權之禍，遂詔天下罷中書丞相，而立五府九卿[15]，分理庶政。殿閣之臣惟備顧問，視制草，不得平章國事[16]。故載諸祖訓，有曰：「以後子孫作皇帝時，臣下有建言設立丞相者，本人凌遲，全家處死。」此其爲聖子神孫計，至深遠也。及嵩爲輔臣，儼然以丞相自居。挾皇上之權，侵百司之事。凡府部每事之題覆[17]，其初惟先呈稿，而後敢行；及今則先面稟，而後敢起稿。嵩之直房[18]，百官奔走如市。府部堂司，嵩差人絡繹不絕。事無大小，惟嵩主張。一或少違，顯禍立見。及至失事，又謝罪於人。雖以前丞相之專恣[19]，未有如斯之甚者。是嵩雖無丞相之名，而有丞相之權。有丞相之權，又無丞相之干係。以故各官之陞遷，未及謝恩，先拜謝嵩。蓋惟知事權出於嵩[20]，惟知畏懼奉承於嵩而已。此壞祖宗之成法，一大罪也。

權者，人君所以統馭天下之具，不可一日下移，臣下亦不可毫髮僭踰。皇上令嵩票本[21]，蓋任人圖政之誠心也。豈意嵩一有票本之任，遂竊威福之權。且如皇上用一人，嵩即差人先報曰：

---

[15] 五府：爲諸公府的泛稱。明代亦爲五軍都督府的簡稱。　九卿：官名合稱。明一般以六部、都察院、通政司、大理寺的長官乃至堂上官爲九卿，又稱大九卿。另有小九卿。

[16] 制草：詔令的文稿。　平章：指評處決定國計政事。

[17] 題覆：明代六部向皇帝進呈的一種公務文書。意謂題本奏覆。

[18] 直房：當值辦事之處。

[19] 以：畿輔本作「有」。

[20] 事：李本無此字。

[21] 票本：指內閣代皇帝批答臣僚章奏，先將擬定之辭書於票簽，附本進呈皇帝裁決。亦稱爲「票擬」。

「我票本薦之也。」及皇上黜一人，嵩又揚言於眾曰：「此人不親附於我，故票本罷之。」皇上宥一人，嵩即差人先報曰：「我票本救之也。」及皇上罰一人，嵩又揚言於眾曰：「此人得罪於我，故票本報之。」凡少有得罪於嵩者，雖小心躲避，嵩亦尋別本帶出旨意報復陷害。是嵩竊皇上之恩，以市己之惠；假皇上之罰，以彰己之威。所以群臣感嵩之惠，甚於感皇上之恩；畏嵩之威，甚於畏皇上之罰也。用舍賞罰之權既歸於嵩，大小臣工又盡附於嵩，嵩之心膽將不日大且肆乎！臣不意皇上之明斷，乃假權於賊手如此也。此竊皇上之大權，二大罪也。

　　善則稱君，過則歸己，人臣事君之忠也。《書》曰：「爾有嘉謨嘉猷[22]，則入告爾后於內[23]，爾乃順之於外[24]，曰：斯謨斯猷[25]，惟我后之德。」蓋人臣以己之善，而歸之於君，使天下皆稱頌君之德，不敢彰己之能，以與君爭功也。嵩于皇上行政之善，每事必令子世蕃傳於人曰[26]：「皇上初無此意，此事是我議而成之。」蓋惟恐天下之人，不知事權之出於己也。及今則將聖諭及嵩所進揭帖[27]，刻板刊行，為書十冊，名曰「嘉靖疏議」，使天下後世皆謂皇上以前所行之善，盡出彼之撥置主張，皇上若一無所能者。人臣善則稱君之忠，果若此乎？此掩皇上之治功，三大罪也。

　　皇上令嵩票本，蓋君逸臣勞之意，嵩乃令子世蕃代票，恣父

---

[22] 爾：你。嘉謨嘉猷：（治國的）善謀良策。這是《尚書‧周書‧君陳》（偽古文）中記載周成王對君陳說的話。

[23] 后：君王。

[24] 順：依順，遵循實行。

[25] 斯：這。

[26] 世蕃：號東樓。依父勢入仕，歷尚寶司卿、太常少卿，進工部左侍郎。招權索賄，賣官鬻爵。嘉靖四十一年因納賄被劾，謫戍廣東雷州，未至而返。四十三年復被劾處死，籍沒其家。有《壽春堂集》。

[27] 聖諭：皇帝訓誡臣下的詔令或言語。　揭帖：明制，內閣直達皇帝的一種機密文書。

逸子勞之爲。世蕃卻又約諸乾兒子趙文華等群會票[28]，擬結成奸黨，亂政滋弊。一票屢更數手，機密豈不漏泄！所以旨意未下，滿朝紛然，已先知之。及聖旨既下，則與前所講若合符契。臣初見嵩時，適原任職方司郎中江暐稟事於嵩曰[29]：「昨御史蔡朴參守備許實等失事[30]，本部覆本已具揭帖與東樓，聞東樓已票送入，未知如何？」東樓者，世蕃之別號也。嵩云：「小兒已票罰俸，內分兩等，甚有分曉，皇上定是依擬。」臣初甚疑，及後旨下，果如嵩言。即臣所親見一事，則其餘可知矣。又前經歷沈煉劾嵩，皇上將本下大學士李本票擬[31]。本又熟軟庸鄙，奔走嵩門下，爲嵩心腹，感嵩之恩，又畏嵩之威，愴惶落魄，莫知所措。差人問世蕃如何票，世蕃乃同趙文華擬票停當，趙文華袖入遞與李本，李本抄票封進，此人所共知也。即劾嵩之本，世蕃猶得票擬，則其餘又可知矣。是嵩既以臣而竊君之權，又以子而並己之權。百官孰敢不服，天下孰敢不畏？故今京師有「大丞相、小丞相」之謠。又曰：「此時父子兩閣老，他日一家盡獄囚。」蓋深恨嵩父子並專權柄故耳。此縱奸子之僭竊，四大罪也。

　　邊事之廢壞，皆原於功罪賞罰之不明。嵩爲輔臣，宜明功罪，以勵人心可也。乃爲壟斷之計，先自貪冒軍功，將欲令孫冒功于

---

[28] 趙文華：字元質。浙江慈谿人。嘉靖八年進士。歷刑部主事、通政使、工部侍郎。未第時在國子監，受祭酒嚴嵩賞識。仕於朝後，嵩日貴幸，結爲父子。性奸險。三十四年，誣劾總督張經、浙江巡撫李天寵抗倭不力論死。次年，進工部尚書，提督軍務。借胡宗憲殺海寇之機，稱「寇平」還朝。旋以驕縱失寵，被黜爲民。後腹裂而死。有《世敬堂集》。

[29] 職方司：此即職方清吏司。以郎中主司事，掌輿圖、軍制、城隍、鎮戍、簡練、征討之事。
江暐：江西南豐人。嘉靖二十三年進士。官至光祿少卿。廷杖，謫長沙通判，遷廬州同知。（見清同治十年柏春、魯琪光修《南豐縣誌・選舉》）

[30] 蔡朴：字子初。直隸滄州人。嘉靖二十三年進士。曾任巡按宣大御史、巡按監察御史等。隆慶本作「蔡朴」。　許實：未詳。

[31] 李本：即呂本。初冒姓李，字汝立，號南渠、期齋。浙江餘姚人。嘉靖十一年進士。二十八年以少詹事兼翰林學士入閣預機務。次年進吏部右侍郎，兼東閣大學士。助嚴嵩排斥異己。母喪去位。嵩敗，不復召。遂復姓呂。著有《期齋集》。

兩廣，故先布置伊表侄歐陽必進爲兩廣總督[32]，親家平江伯陳圭爲兩廣總兵[33]，鄉親御史黃如桂爲廣東巡按[34]，朋奸比黨，朦朧湊合，先將長孫嚴效忠冒兩廣奏捷功，陞所鎮撫，又冒瓊州一人自斬七首級功，造冊繳部。效忠告病，乃令次孫嚴鵠襲替。鵠又告併前效忠七首級功，加陞錦衣衛千戶。今任職管事。有武選司昃字十九號堂稿可查[35]。夫效忠與鵠皆世蕃子也，隨任豢養，未聞一日離家至軍門，乳臭孩童，亦豈能一人自斬七首級，而假報軍功，冒濫錦衣衛官爵[36]。以故歐陽必進得陞工部尚書[37]，陳圭告病回京，得掌後府印信[38]，黃如桂得驟陞太僕寺少卿[39]。是嵩既竊皇上爵賞之權，以官其子孫，又以子孫之故，陞遷其私黨。此俑既作，倣效成風。蔣應奎等令子冒功[40]，打死發遣，皆嵩有以倡之也。夫均一冒功也，在蔣應奎等貪冒，科道則劾之[41]；在嵩貪冒，人所共知，科道乃不敢劾。嵩積威足以箝天下之口可知矣。此冒朝廷之軍功，五大罪也。

---

[32] 歐陽必進：字任夫，號約庵。浙江安福人。正德十二年進士。授禮部主事。嘉靖時以附姨夫嚴嵩，屢得遷升。官至吏部尚書。著有《白雲山稿》。

[33] 陳圭：南直合肥人。平江侯陳瑄六世孫。襲平江伯，以薦出鎮兩廣。後總京營兵。董築京師外城，加太子太傅。卒諡武襄。（見《明史》卷一百五十三）

[34] 黃如桂：江西廬陵人。嘉靖十七年進士。任巡按宣大御史、巡按廣東監察御史等職。

[35] 昃：此即《千字文》中「日月盈昃」的「昃」字，以《千字文》字句依序編號，以備查閱。

[36] 錦衣衛：明代錦衣親軍都指揮使司。原為管理護衛皇宮的禁衛軍和掌管皇帝出入儀仗的官署，後逐漸演變為皇帝心腹，特令兼管刑獄，給予巡察緝捕權力。與東西廠並列，成為廠衛並稱的特務偵伺機構。

[37] 工部尚書：為尚書省工部長官，六部國務大臣之一，正二品。掌各項工程、工匠、屯田、水利、交通等政令。

[38] 後府：即後軍都督府。明五軍都督府之一。設左右都督，正一品；都督同知，從一品；都督僉事，正二品；及經歷司經歷等。

[39] 太僕寺少卿：亦稱太僕卿。明代員一人，從三品。掌京衛、畿內及山東、河南諸牧監。

[40] 蔣應奎：字文煥。山西大同人。嘉靖五年進士。歷工部都水司主事、太僕寺少卿、應天府尹、兵部侍郎等。三十一年，與左通政唐昪相以子弟寄名冒功，皆逮杖之。

[41] 科道：指科道官。為六科（吏戶禮兵刑工）給事中與都察院各道監察御史的合稱。均有監察稽核、建言朝政、糾彈百官之責，故亦統稱「言官」。明代六科與都察院分別獨立，通稱「兩衙門」。

　　逆賊仇鸞，總兵甘肅，為事革任。嘉靖二十九年張達等陣亡[42]，正胡虜竊伺之時，使嵩少有為國家之心，選一賢將，胡虜聞知，豈敢輕犯京師！世蕃乃受鸞銀三千兩，威逼兵部，薦為大將。及鸞冒哈舟兒軍功[43]，世蕃亦得以此陞官蔭子。嵩父子彼時嘗自誇以為有薦鸞之功矣。及鸞權日盛，出嵩之上，反欺侮於嵩，故嵩嘗自歎，以為引虎遺患。後又知皇上有疑鸞之心，恐其敗露連累，始不相合，互相誹謗，以泯初黨之跡，以眩皇上之明。然不知始而逆鸞之所以敢肆者，恃有嵩在。終而嵩與逆鸞之所以相反者，知皇上有疑鸞之心故耳。是勾虜背逆者鸞也，而受賄引用鸞者則嵩與世蕃也。使非嵩與世蕃，則鸞安得起用？雖有逆謀，亦安得施乎？進賢受上賞，進不肖受顯戮，嵩之罪惡又出鸞之上矣。此引背逆之奸臣，六大罪也。

　　嘉靖二十九年，胡虜犯京，深入失律[44]，歸路已絕，我軍奮勇，正好與之血戰，一大機會也。兵部尚書丁汝夔問計於嵩[45]，嵩宜力主剿戰，以伸中國之威，以紓皇上之憂可也。乃曰：「京師與邊上不同，邊上戰敗猶可掩飾，此處戰敗，皇上必知，莫若按兵不動，任賊搶足，便自退回。」以故汝夔傳令不戰。及皇上拿問，汝夔求救於嵩，嵩又曰：「雖是拿問，我具揭帖維持，可保無事。」蓋恐汝夔招出真情，故將此言啜哄，以安其心。汝夔

---

[42] 張達：涼州衛（治今甘肅省武威市）人。慷慨負奇節。嘉靖中累功擢署都督僉事，充山西總兵官，駐寗武。尋鎮陝西延綏，又移大同。俺答數萬騎入塞，伏精銳溪谷中。巡按御史胡宗憲趣出師，達欲持重，宗憲屬聲責之，不得已，率所部挺身陷陣，力戰死。

[43] 哈舟兒：原為中原人，被朵顏部落所擄，為俺答謀犯京師和開馬市效力。後被薊遼總督何棟懸賞捕獲到京，伏誅。（見《明史》卷三百二十八）

[44] 失律：軍行無紀律，亦指戰事失利。

[45] 丁汝夔：字大章。明山東霑化人。正德十六年進士。歷任禮部主事、山西布政使、兵部尚書兼督團營。嘉靖二十九年，俺答兵臨京都，秉承嚴嵩意，違旨不戰。後嚴嵩諉過於他，被殺。

亦恃嵩平日有回天手段，故安心不辯[46]。及汝夔臨刑，始知爲嵩所誤。乃大呼曰：「嚴嵩誤我矣！」此人所共知也。是汝夔不出戰之故，天下皆知爲嵩主張。特皇上未知之耳。此誤國家之軍機，七大罪也。

黜陟者[47]，人君之大權，非臣下可得專且私也。刑部郎中徐學詩，以論劾嵩與世蕃，革任爲民矣。嵩乃於嘉靖三十年，考察京官之時，恐嚇吏部，將學詩兄中書舍人徐應豐罷黜[48]。荷蒙聖明，洞察其奸，將應豐留用。夫應豐乃皇上供事內廷之臣，嵩猶敢肆其報復之私，則在內之臣遭其毒手者，又何可勝數耶！戶科都給事中厲汝進[49]，以論劾嵩與世蕃，降爲典史矣。嵩於嘉靖二十九年，考察外官之時，逼嚇吏部，將汝進罷黜。夫汝進言官也，縱言不當，皇上既降其官矣，其爲典史則無過可指也，嵩乃以私怨罷黜之。則在外之臣被其中傷陷害者，又何可勝數耶！夫嵩爲小人，故善人君子多與之相反。嵩不惟罷其官，又且加之罪；不惟罰及一身，又且延及子弟。以故善類爲之一空，此時計數正人君子，能幾人哉？是黜陟之權，皇上持之，以激勵天下之人心；賊嵩竊之，以中傷天下之善類。此專黜陟之大柄，八大罪也。

嵩既專權，則府部之權皆撓於嵩。而吏兵二部，大利所在，尤其所專主者。于文武官之遷陞，不論人之賢否，惟論銀之多寡。各官之任，亦通不以報效皇上爲心，惟日以納賄賊嵩爲事。將官既納賄于嵩，不得不剝削乎軍士，所以軍士多至失所，而邊方爲

---

[46] 不辯：隆慶本、李本爲「不變」。此取四庫本、知服齋本。

[47] 黜陟：指人才的進退，官吏的升降。黜（chù），貶降，罷退。陟，（zhì），提拔，升遷。

[48] 徐應豐：學詩族兄。以善長書法升中書舍人。供事無逸殿，盡知嚴嵩所爲，嵩疑學詩疏出於應豐指使，數年後嵩以應豐誤寫科書進讒言於帝，竟杖殺。

[49] 厲汝進：字子修。灤州（今河北灤縣）人。嘉靖十七年進士。歷任吏科都給事中。因與同官合疏言嚴嵩父子誣害戶部尚書王杲，嵩激帝怒，廷杖八十。貶雲南典史，後奪職。

甚。有司既納賄於嵩[50]，不得不濫取于百姓，所以百姓多至流離，而北方之民爲甚。一人專權，天下受害，怨恨滿道，含冤無伸。人人思亂，皆欲食嵩之肉。皇上雖屢加撫恤之恩，豈足以當嵩殘虐之害！若非皇上德澤之深，祖宗立法之善，天下之激變也久矣！軍民之心，既怨恨思亂如是，臣恐天下之患，不在徼外[51]，而在域中。此失天下之人心，九大罪也。

風俗之隆替[52]，係天下之治亂。我朝風俗，淳厚近古。自逆瑾用事[53]，始爲少變。皇上即位以來，躬行古道，故風俗還古。及嵩爲輔臣，諂諛以欺乎上，貪汙以率其下。通賄慇懃者，雖貪如盜蹠[54]，而亦薦用；奔競疎拙者，雖廉如夷齊[55]，而亦罷黜。一人貪戾，天下成風。守法度者，以爲固滯；巧彌縫者，以爲有才；勵廉介者，以爲矯激[56]；善奔走者，以爲練事[57]。卑汙成套，牢不可破。雖英雄豪傑，亦入套中。從古風俗之壞，未有甚於此時者。究其本源，嵩先好利，此天下所以皆尙乎貪；嵩先好諛，此天下所以皆尙乎諂。源之不潔，流何以清。風俗不正，而欲望天下之治得乎？此壞天下之風俗，十大罪也。

嵩有十大罪，昭人耳目，以皇上之聰明，固若不知者，何哉？蓋因皇上待臣下之心，出於至誠；賊嵩事皇上之姦，入於至神。

---

[50] 有司：官吏。古代設官分職，各有專司，故稱。

[51] 徼外：塞外，邊外。隆慶本作「胡虜」，正誼堂本作「寇敵」。此取四庫本、知服齋本。

[52] 隆替：盛衰；興廢。

[53] 逆瑾：指劉瑾，陝西興平人。本姓談，入宮為宦官，依宦官劉姓者得用，乃冒其姓。武宗時受寵信，掌司禮監，與閣臣焦芳結黨，斥逐異己，獨攬朝政，出使、入覲官皆使賄銀。後以圖謀反叛罪下獄，凌遲處死。

[54] 盜蹠：春秋戰國之際人。名蹠。「盜」是舊時的貶稱。《荀子・不苟》：「盜蹠吟口，名聲若日月，與舜禹俱傳而不息；然而君子不貴者，非禮義之中也。」

[55] 夷齊：伯夷、叔齊的並稱。相傳為商周時孤竹國君二子，因遜讓君位，奔周，路遇武王伐紂，叩馬進諫。商亡後，兩人不食周粟，餓死於首陽山。

[56] 廉介：隆慶本作「節介」。此取四庫、正誼堂等本。　矯激：猶詭激。奇異偏激，違逆常情。

[57] 練事：熟諳世事。

以至神之姦，而欺至誠之心，無怪其墮於術中而不覺也。臣再以嵩之五姦言之。

知皇上之意向者，莫過於左右侍從之臣。嵩欲托之以伺察聖意，故先用寶賄結交情熟[58]，于皇上宮中一言一動、一起一居，雖嬉笑欷歔之聲[59]、游觀宴樂之為，無不報嵩知之，每報必酬以重賞。凡聖意所愛憎舉措，嵩皆預知，故得以逢迎之巧，以悅皇上之心。皇上見嵩之所言所為盡合聖意，蓋先有人以通之也。是皇上之左右皆賊嵩之間諜，此其姦一也。

通政司納言之官[60]，嵩欲阻塞天下之言路，故令乾兒子趙文華為通政使[61]。凡章奏到，文華必將副本送嵩與世蕃先看，三四日後方纔進呈。本內情節，嵩皆預知。事少有干於嵩者，即先有術以為之彌縫。聞御史王宗茂劾嵩之本，文華停留五日方上，故嵩得以展轉掩飾其故。是皇上之納言乃賊嵩之攔路犬，此其姦二也。

嵩既內外彌縫周密，所畏者廠衛衙門緝訪之也[62]。嵩則令子世蕃將廠衛官籠絡，強迫結為兒女親家。夫既與之親，雖有忠直之士，孰無親戚之情，於賊嵩之姦惡又豈忍緝訪發露！不然，嵩籍江西，去京四千餘里，乃結親於此，勢屬不便，欲何為哉？不過假婚姻之好，以遂其掩飾之計耳。皇上試問嵩之諸孫所娶者誰氏之女，便可見矣。是皇上之爪牙乃賊嵩之瓜葛，此其姦三也。

廠衛既為之親，所畏者科道言之也[63]。嵩恐其奏劾，故於科

---

[58] 情熟：相熟，親密。

[59] 欷歔：歎息聲。四庫本、隆慶本、味菜廬本為「欷戲」。此取李本、知服齋本。

[60] 通政司：即通政使司。管理章奏文書之中央機構。取「政猶水也，欲其常通」之義，故名。

[61] 通政使：通政使司長官。正三品。掌內外章疏、臣民密封申訴之事。四庫本、味菜廬本為「通政司」。

[62] 廠衛：明代東廠、西廠和錦衣衛的合稱。皆司偵緝刺事，為皇帝耳目。因其同為特務機構，關係密切，故常合稱。　緝訪：搜尋查訪。

[63] 科道：見前注[41]。

道之初選，非出自門下者[64]，不得與中書行人之選[65]。知縣推官，非通賄門下者，不得與行取之列。考選之時，又擇熟軟圓融出自門下者，方補科道。苟少有忠鯁節義之氣者，必置之部屬南京。使知其罪而不得言，言之而亦不真。既選之後，或入拜則留其飲酒；或出差則爲之餞贐[66]；或心有所愛憎，則唆之舉劾，爲嵩使令，至五六年無所建白[67]，便陞京堂方面。夫既受嵩之恩，又附嵩且有效驗，孰肯言彼之過乎？其雖有一二感皇上之恩而欲言者，又畏同類泄露，孤立而不敢言。而嵩門下之人，每張大嵩之聲勢，陰阻其敢諫之氣。以故科道諸臣，寧忍於負皇上，而不敢忤於權臣也。是皇上之耳目皆賊嵩之奴僕，此其姦四也。

科道雖籠絡停當，而部官有如徐學詩之類者[68]，亦可懼也。嵩又令子世蕃將各部官之有才望者俱網羅門下。或援之鄉里，或托之親識，或結爲兄弟，或招爲門客。凡部中有事欲行者，先報世蕃知，故嵩得預爲之擺布。各官少有怨望者，亦先報世蕃知，故嵩得早爲之斥逐。連絡蟠結，深根固蒂，合爲一黨，互相倚附。各部堂司，大半皆嵩心腹之人。皇上自思左右心腹之人果爲誰乎？此真可爲流涕者也。是皇上之臣工多賊嵩之心腹，此其姦五也。

夫嵩之十罪，賴此五姦，以彌縫之。識破嵩之五姦，則其十

[64] 門下：門庭之下。亦指門生、弟子。
[65] 中書：明代爲中書舍人的簡稱。設於內閣，掌撰擬、記載、翻譯、繕寫等事。　行人：掌管朝覲聘問等事的官。
[66] 餞贐：設酒食送行並贈送財物。
[67] 建白：謂對國事有所建議及陳述。
[68] 部官：指中央行政機構吏、戶、禮、兵、刑、工六部官吏。

罪立見。噫！嵩握重權，諸臣順從，固不足怪。而大學士徐階[69]，
負天下之重望，荷皇上之知遇，宜深抵力排，爲天下除賊可也。
乃畏嵩之巧，足以肆其謗，懼嵩之毒，足以害其身。寧鬱快終日，
凡事惟聽命於嵩，不敢持正少抗，是雖爲嵩積威所劫，然於皇上
亦不可謂之不負也。階爲次輔，畏嵩之威，亦不足怪。以皇上聰
明剛斷，雖逆鸞隱惡無不悉知，乃一向含容於嵩之顯惡[70]，固若
不能知，亦若不能去，蓋不過欲全大臣之體面，姑優容之，以待
彼之自壞耳。然不知國之有嵩，猶苗之有莠，城之有虎。一日在
位，則爲一日之害。皇上何不忍割愛一賊臣，顧忍百萬蒼生之塗
炭乎！況爾來疑皇上之見猜[71]，已有異離之心志，如再賜優容姑
待之恩，恐致以前宰相之禍，天下臣民皆知其萬萬不可也。

　　臣前諫阻馬市，謫官邊方，往返一萬五千餘里，道途艱苦，
妻子流離，宗族賤惡，家業零落。幸復今職，方纔一月，臣雖至
愚，非不知與時浮沉，可圖報於他日。而履危冒險，攻難去之臣，
徒言取禍，難成僥倖萬一之功哉[72]！顧皇上既以再生之恩賜臣，
臣安忍不捨再生之身以報皇上。況臣狂直之性，生於天而不可
變；忠義之心，痒於中而不可忍。每恨壞天下之事者，惟逆鸞與
嵩。鸞已殛死，獨嵩尚在。嵩之姦惡又倍於鸞，將來爲禍更甚，
使舍此不言，再無可以報皇上者。臣如不言，又再有誰人敢言乎？

　　伏望皇上聽臣之言，察嵩之姦。群臣於嵩，畏威懷恩，固不

---

[69]　徐階：字子升，號少湖、存齋。松江華亭（今上海松江）人。嘉靖二年進士。歷官黃州同
　　知、浙江按察僉事、國子監祭酒等。嘉靖三十一年進禮部尚書兼東閣大學士。密疏發仇鸞罪
　　惡，鸞因此誅。進武英殿大學士，改禮吏部尚書。四十一年，代嵩爲首輔。四十三年，置嵩
　　子世蕃於死地，嵩被革職爲民。隆慶二年致仕歸。著有《世經堂集》、《少湖文集》等。

[70]　含容：容忍；寬恕。

[71]　爾來：近來。一作「邇來」。

[72]　「徒言」二語：鐵輔本與胡本作「覩難成之功哉」。

必問也。皇上或問二王[73]，令其面陳嵩惡；或詢諸閣臣，諭以勿畏嵩威。如果的實，重則置以專權重罪，以正國法；輕則諭以致仕歸家，以全國體。則內賊既去，朝政可清矣。將見胡虜前既聞逆鸞之死[74]，今又聞賊嵩之誅，必畏皇上之聖斷，知中國之有人，將不戰而奪其氣，聞風而喪其膽。況賊臣既去，豪傑必出，功賞既明，軍威自振。如或再寇，用間設伏，決一死戰，雖繫俺答之頸，梟吉囊之頭[75]，臣敢許其特易易耳。外賊何憂其不除，外患何憂其不絕乎？內賊既去，外賊既除，其致天下之太平何有？故臣欲捨死圖報，而必以討賊臣爲急也。

然除外賊者，臣等之責；而去內賊者，則皇上之事。臣感皇上知遇之厚不忍負，荷皇上再生之恩不能忘。感激無地，故不避萬死，爲此具本，親齎謹奏[76]。

---

[73] 二王：指裕、景二王。嘉靖十八年，世宗封第三子朱載垕爲裕王。即後來的明穆宗。嘉靖四十五年即位，年號隆慶。同年封第四子朱載圳爲景王。令與裕王同出王邸。四十年到封地德安，居四年死。

[74] 胡虜：此取隆慶本、李本。四庫本作「賊寇」。知服齋本作「俺答」。

[75] 梟：斬首懸以示眾。 吉囊：明韃靼酋長。嘉靖時據河套，雄點喜兵。屢掠宣府、大同、涼州等邊塞。請與明互市，遭拒，遂與俺答分道內犯，入掠平定、壽陽及朔州。

[76] 親齎（jī）：親自送上。

# 楊椒山集校注　卷二

## 壽大司馬苑洛韓公七十序[1]　代龍湖公作

　　嘉靖二十有七年，大司馬苑洛公年七十矣。生辰在秋八月十有二日。公之德澤在人心，聲名在天下。凡知其壽辰者，孰不有壽之之心。而拘於分焉[2]，則雖有是心而未敢盡。魏國公某、永康侯某[3]，相與從事南都者也，於是協謀所以壽公者，而請於予曰：「自苑洛公來掌留機也[4]，凡政之重且大者，皆惟公是決。春正月，表請引年，其歸志確也，深貽我二人憂[5]。賴帝心簡在[6]，不許其請，而推任益專[7]。俾我二人無徵咎於上下[8]，深幸有所倚賴。今當七十之辰，思無足以爲公壽者，而重有於先生之文有望焉。」

　　予乃颺言曰[9]：「大臣之壽，國家之氣運攸關。然必德以基之，天以畀之[10]。二者備而後享年可以有永。公之壽，其德以爲之基者，夫人所共知，固無俟於言矣。而天之所以畀之者，豈偶然哉？

---

[1] 大司馬：明爲兵部尚書的別稱。　苑洛韓公：韓邦奇，字汝節，號苑洛。朝邑（今陝西大荔縣東南朝邑鎮）人。正德進士。歷吏部員外郎、浙江按察僉事、山西參議。終官南兵部尚書。爲官剛直尚節概，屢起屢罷。爲學精到，自諸經子史及天文、地理、樂律、術數、兵法之書，無不通究。著有《易學啟蒙意見》、《苑洛志樂》、《洪範圖解》、《苑洛集》等。

[2] 分：身分，職分。

[3] 魏國公：徐達裔孫徐鵬舉，正德十三年襲，隆慶五年卒。　永康侯：徐忠裔孫徐源，正德八年襲，嘉靖三十三年卒。見《欽定續文獻通考》卷二百九。　某：指確定的、無須說出姓名的人。

[4] 留機：指留都南京機要。

[5] 貽：致使。

[6] 簡在：猶存在。

[7] 推任：推重信任。

[8] 徵咎：災禍的徵兆。

[9] 颺言：高聲說話。多用於臣下奏辭。

[10] 畀（bì）：賜與，付託。

佑我皇祖，眷我皇上，福我天下蒼生之至意，存乎其間也。是故金陵，我高皇帝創業之邦，天下之根本攸係。我文皇雖坐鎮幽薊[11]，尤以之爲控制南紀之樞[12]，其爲地至重矣。非有隆德重望者，而操持紀綱，以鎮撫百姓，其何能治！則夫居守保綏[13]，以揚宅中圖大之烈[14]，以培宗社靈長之運[15]，以備不虞不軌之患[16]，實於公有望焉。皇祖之所以賴公者何如也！我皇上雖垂拱燕京[17]，其心未嘗一日忘南都者。而重寄其託於公之身，蓋以坐鎮留臺[18]，非公不可耳。其在今日，宣德意之美，嚴封守之防[19]，弛南顧之憂，以保大定功[20]，藩屏王室[21]，則公一人有大責矣。皇上之所以賴公者何如也！天下之治，候于南都之安，南都之安，候於公身之壽。可一日無公哉？是故爲之繕乃城隍[22]，練乃甲兵，振乃威武，勤乃撫字[23]，齊其法則，而祛其不臧[24]，翦除其惡，而綏輯其眾[25]，俾留都之民，復國初之舊，而四方亦因之以寧焉。則天之所以賴公者又何如也！由是觀之，天欲永我皇祖之烈，不得不壽公以弘其化。天欲相我皇上之治，不得不壽公以久其施。天欲置我天下蒼生於治且安，不得不壽公以長其澤。而

---

[11] 幽薊：幽州和薊州的並稱。指北京所在地北方一帶。

[12] 南紀：指南方。

[13] 保綏：使得到保全，獲得安定。

[14] 宅中：居中。 圖大：圖謀遠大。

[15] 培：聚。 宗社：宗廟社稷。借指國家。 靈長：廣遠綿長。

[16] 不虞：意料不到。 不軌：越出常軌。

[17] 垂拱：垂衣拱手。多用來稱頌帝王無為而治。

[18] 留臺：特指王朝遷都後，留置於舊都之官署。相當於留都。

[19] 封守：正誼堂本作「分守」。

[20] 保大：安穩地居於高位。 定功：建立功業。

[21] 藩屏：捍衛。

[22] 乃：助詞。

[23] 撫字：謂對百姓的安撫體恤。

[24] 不臧：不善，不良。

[25] 綏輯：安撫集聚。

大其所至，始而以公之身繫天下之重，故爲天下而壽公之身，終而以天下之壽係於公之一身，故必壽公而藉以壽天下國家之大。於此見天之所以畀之者，誠不偶然也。

「昔者成王命相周公[26]，置諸左右，而資輔理承化者甚切也[27]。及定鼎洛邑[28]，乃出王朝而命之留後者，無乃非專任也乎？蓋鎬之與洛[29]，厥重惟均[30]。其在鎬也，成王得而治之，而洛邑之重，則非周公莫可與寄[31]。故至今論成周享國之永，而稱周公培養洛邑之功不衰[32]。今日之金陵，不異于周之洛邑也，而其所以推任乎公者，亦不殊于成王付託周公之意。則公之壽我國家於億萬年也，將不如周公之壽成周也哉？周公之居洛也，繫《易》研精，有以壽道學於不墜。而公於勤政之暇，稽禮審樂[33]，索數衍圖[34]，凡前賢之所未發，後學之所共疑者，悉闡明之。其所以壽道學之功，又不在周公之下矣。至是則天之所以畀公者，非止爲天下計，抑將爲斯道計也。二公知之乎？」

於是魏國、永康拜手稽首曰：「始而知苑洛之壽有益於我二人，而不知有益於天下之大。繼而知苑洛公之壽有益於天下，而不知斯道之命脈亦係之。而今而後，始知苑洛公之壽，其所關者誠甚大也。請書之以贈。」

[26] 成王：西周王。姬姓，名誦，或作庸。周武王之子。繼位時年幼，由武王弟周公旦攝政。　周公：姬姓，名旦，亦稱文公、叔旦。周武王弟，與呂尚同為西周開國元勳。以魯公封於曲阜，留朝執政，長子伯禽就封。攝政後率軍東征，平定叛亂，分封諸侯，營建成周洛邑（今河南洛陽）。以禮治國，奠定了成康之治的基礎。

[27] 承化：承奉天運，進行教化。

[28] 定鼎：舊傳禹鑄九鼎，以象九州，歷商至周，作為傳國重器，置於國都。因稱定立國都為「定鼎」。此指定洛邑為東都。

[29] 鎬：鎬京。西周國都，又稱西都。故址在今陝西省西安市西南灃水東岸。

[30] 均：等同。

[31] 與：給予。　寄：委託，託付。

[32] 培養：猶治理、振興。

[33] 稽禮審樂：稽考審明禮樂道義。

[34] 索數衍圖：探求術數預測之秘、演述河圖洛書之學。

# 壽韓苑翁尊師老先生七十一序[1]

君子之壽，天下之治亂斯道之廢興攸係[2]。必天有意於斯世斯道之治且興也[3]，而後畀之以有永而不窮[4]。然畀於有位者，或限其時，而不及爲明道之事；畀于志學者，或限其位，而不得與夫行道之責：則其所係者亦偏焉矣爾[5]。

惟我苑翁老先生之壽，天下之治斯道之興恒必賴之，謂天以全壽畀之也非歟[6]？蓋君子所貴乎壽者，非徒自壽己也，爲其能壽天下也，能壽斯道也。苟無補於治與道，將焉用壽？是故凡厥有位[7]，孰無治理之責。然志存經濟者[8]，或奪於位之弗久[9]，而趨時固寵者，又終其身而無濟於天下之事，其何補於治也？惟天純佑[10]，篤生先生[11]，天地忠誠渾厚之氣悉萃之矣，其以天下爲己任也。越在內服[12]，弼亮率下[13]；越在外服[14]，綏民迪功[15]；越在翰苑[16]，文章範俗；越在邊鎮，強藩恬服，夷虜懾畏[17]：斯固載在史冊，昭人耳目。天下之所賴以爲治者，其在今日撫守南

---

[1] 韓苑翁：韓邦奇。見《壽大司馬范苑洛韓公七十序》注[1]。
[2] 治亂：治理紛亂局面，使之安定、太平。斯道：指儒學道德學問。　攸係：所關。
[3] 斯世：今世。
[4] 畀（bì）：賜與。
[5] 焉矣爾：表示確定的語氣。
[6] 非歟：不是嗎？歟，語氣詞。用在句末，表示反問。
[7] 厥：代詞。其，那。
[8] 經濟：經世濟民。
[9] 或：常。　弗久：不（使之）長久。
[10] 純佑：善於庇護。
[11] 篤生：謂生而得天獨厚。
[12] 越：發語詞。無義。　內服：在朝廷內任用。
[13] 弼亮：輔佐。　率下：給下屬作表率。
[14] 外服：古王畿以外的地方，所謂五服、九服之地。後指京都以外的地區及邊遠蠻荒之地。
[15] 綏民：安撫民眾。　迪功：迪功郎，從九品。
[16] 翰苑：文苑。
[17] 夷虜：知服齋本作「夷狄」。味菜廬本作「彝狄」。此取隆慶本。

都，又能操持其紀綱，而鎮撫其百姓，天下之根本以固，宗社之靈運以培，南服以靖[18]，四方亦因之以寧矣。行將經綸燮理之任屬之[19]，則所以係天下之重者何如也！

我國家道學之統[20]，自薛文清諸大儒出[21]，講明正學，後先相望，斯道之興也久矣。自是而明道學者，或口談性命之言，而身冒貪汙之行[22]；或外飾溫厚嚴肅之貌，而中藏毒忌闇濁之心[23]；或始而卓越峻潔，凜不可犯，終而喪其所守流於汙下而不羞者：則其所學不過欺世之機械，釣名之筌蹄耳[24]。不知有得於道焉否也！

先生以純篤之資[25]，果確之志[26]，蓋自弱冠時即有志性理之學[27]。其學之原，則以精一為宗；其學之要，則以培養夜氣為本[28]；其學之實，則見於《拾遺》、《意見》、《經緯》、《志樂》、《六經說》諸書[29]。當其晚年，天又假之以南都清逸之地，使得優遊暇豫[30]，沉潛道真[31]，平生事業至此盡收拾而大成之。一時論得道學之正脈者，皆以先生為首稱，則所以係斯道之重者何如

---

[18] 南服：古代王畿以外地區分為五服，稱南方為「南服」。

[19] 行將：即將。　經綸：指籌畫治理國家大事。　燮理：協和治理。

[20] 道學：儒家的道德學問。

[21] 薛文清：薛瑄，字德溫，號敬軒。明河津（今屬山西）人。世稱薛夫子、先儒薛子。永樂十九年進士。歷官監察御史、山東提學僉事、南京大理寺卿、禮部右侍郎兼翰林院學士入閣預機務。性耿介，曾觸忤權奸。後辭官還鄉。崇尚程朱理學，以復性為宗。卒諡文清。著《讀書錄》、《道論》、《讀詩錄》、《薛文清集》等。

[22] 貪汙：同貪污。

[23] 闇濁：灰暗混濁。

[24] 筌蹄：筌，捕魚竹器；蹄，捕兔網。比喻達到目的的手段或工具。

[25] 資：稟賦，才質。

[26] 果確：堅定明確。

[27] 弱冠：古時以男子二十歲為成人，初加冠，因體猶未壯，故稱弱冠。

[28] 夜氣：儒家謂晚上靜思所產生的良知善念。

[29] 諸書：即《正蒙拾遺》、《易學啟蒙意見》、《易占經緯》、《苑洛志樂》、《六經說》。

[30] 暇豫：悠閒自得。

[31] 道真：謂道德、學問的真諦。

也！

　　是蓋天欲永天下之治於不替，故不得不壽先生以久其施；天欲啓斯道之傳於不絕，故不得不壽先生以要其成。而大其所至，始而以先生係天下斯道之重，故爲天下斯道而壽先生之身；終而以天下斯道係于先生之身，故必壽先生而藉以壽天下斯道之大。則所以畀之者，固爲不偶然。先生之致治而其道行，則有以壽天下之命脈；闡學而其道明，則有以壽斯道之命脈。其所以仰答上天畀壽之心者，又豈小補云乎哉[32]？

　　士大夫之壽先生者，舉忻忻然曰：「苑翁年雖七十有一，然精神凝固[33]，丰采爛然，步履強健，視少年無以異也。期頤之域[34]，可必至矣。」夫以是而壽焉，未足以盡之也。先生之壽，可以年數拘哉[35]？天下之治，垂之千萬年而無斁[36]，則先生之壽與治俱矣。斯道之統，傳之千萬世而無窮，則先生之壽與道俱矣。故謂先生之壽爲天下之壽可也，爲斯道之壽可也，謂天下斯道之壽即先生之壽亦可也，不將與天地同乎！故曰天以全壽畀先生。

　　盛叨門下[37]，既幸先生及天下斯道之壽，又幸其將來自壽之有地也。於是拜手稽首[38]，忻躍謹書。

---

[32] 小補：小小的補益。《孟子・盡心上》：「夫君子所過者化，所存者神，上下與天地同流，豈曰小補之哉？」

[33] 凝固：猶穩重，穩健。

[34] 期頤：一百歲。

[35] 「可以」句：胡本、畿輔本作「豈猶年數可拘哉」。按：此句至段末數語，胡本、畿輔本缺。

[36] 無斁（yì）：猶無終，無盡。

[37] 叨：承受。謙詞。

[38] 拜手：古代男子跪拜禮的一種。跪後兩手相拱，俯頭至手。　稽首：古時一種跪拜禮，叩頭至地，是九拜中最恭敬者。

# 壽徐少湖翁師序[1]

君子之壽，當圖不朽之真。而所以壽之者，貴有懇懇相勉、惓惓相成之義[2]。瑣瑣年數之末、頌祝之私皆所不取也。

世之言壽者，不過曰享年有永而已。然命稟自然，固一定不易。年歲自積，於人之賢不肖無與焉[3]。若以此爲壽，則夫簾肆堀巖[4]、翁伯張里[5]、哆顣冥蠢[6]、懷殘秉賊者[7]，龐皓威蕤[8]，不可勝數。且多不踰百年耳[9]。過此以往，即絕景吞響[10]，煙滅無聞，雖謂之不壽亦可也。惟夫修諸己者，道德卓犖[11]；建諸用者，勳業赫耀[12]；垂諸後者，典謨暐曄[13]：則邈無紀極[14]，可與天地相終始。夫是之謂不朽，而壽之所以爲真也。

今夫言壽之至者，莫天地若[15]，然天地之所以爲壽者，非謂

---

[1] 徐少湖：徐階。見《請誅賊臣疏》注[62]。此題一作《壽少湖徐公序》。

[2] 惓惓：念念不忘。　相成：相互成全。

[3] 不肖：不成材，不正派。　無與：不相干。

[4] 則夫：那麼呀。夫，語氣詞。　簾肆：指市井坊間。　堀巖：山洞。南朝梁江淹《詣建平王上書》：「下官雖乏鄉曲之譽，然嘗聞君子之行矣，其上則隱於簾肆之間，臥於巖石之下，次則結綬金馬之庭，高議雲臺之上。」

[5] 翁伯：漢代人。以販脂而成巨富。　張里：漢代人。以馬醫而擊鐘鼎食（形容生活奢華）。

[6] 哆（chǐ）顣（cù）：指形貌醜陋怪異。南朝梁劉孝標《辨命論》：「夫靡顏膩理，哆嗚顣頞，形之異也。」　冥蠢：指有殘疾。冥，失明。

[7] 懷殘秉賊：指殘暴的官吏。《孟子・梁惠王下》：「賊（敗壞）仁者謂之賊，賊義者謂之殘。」

[8] 龐皓：龐眉皓髮。年老之貌。　威蕤：繁盛。

[9] 且：但是。　踰：超過。

[10] 絕景吞響：指斷絕影蹤，消失聲響。西晉張協《七命》：「絕景乎大荒之遐阻，吞響乎幽山之窮奧。」

[11] 惟：只有。　修：修養。　諸：於。　卓犖（luò）：超絕出眾。

[12] 建：建樹。　用：實行。

[13] 垂：傳承。　典謨：經典。　暐曄：光彩奪目。

[14] 邈：久遠。　紀極：窮盡。

[15] 莫天地若：沒有像天地的。若，像。

其形體不毀已也[16]。以覆載之德，生成之功，無聲無臭之教，足以父母萬物無窮耳。否則亦冥然翕聚之氣[17]、塊然凝結之質而已。非所以悠久無疆、億載不朽者也。是故人知壽於年者爲壽，而不知壽於理者斯壽之真；知壽於身者爲壽，而不知壽於天下者斯壽之大；知壽於目前者爲壽，而不知壽於身後者斯壽之永。非深達始終之故、善權修短之算者，孰能論壽於命數之外，而不求壽於年數之間乎？

恭惟我夫子黃閣元老，黑頭相公[18]，以年言之，似尚未可以壽之者，然觀諸所修爲者、所建立者、所垂後者，半生積累，已足垂萬年不朽。視世之昏耄罔生無所寄付者[19]，修短之相絕也[20]，亦猶蕭艾夕枯之與松柏久茂也；榮辱之相背也，亦猶衣赭輿臺之與危軒華袞也[21]：已不可同年語。況由此而進焉，其所爲不朽者，當益宏遠峻懋[22]，謂不可以壽之乎？

昔丙午歲[23]，二三子稱壽於三槐堂[24]，嘗記夫子舉爵爲令曰[25]：「太上立德[26]，其次立功，其次立言，其次言壽。」再令曰：「立德要知似德之非，立功要知貪功之戒，立言要知尚口之

---

[16] 已也：語氣詞連用。表示斷定。

[17] 冥然：玄虛沉默貌。　翕（xī）聚：聚集。

[18] 黃閣：漢代丞相三公處理政事之處，廳門塗成黃色，故名。此指徐階所在的最高官府。　元老：指年輩、資望皆高的大臣。　黑頭相公：對壯年宰相的敬稱。徐階當時爲大學士、次輔，故稱。

[19] 昏耄：衰老，昏憒。　罔生：猶苟活。

[20] 修短：長短。此指人的壽命。　相絕：懸殊。

[21] 衣赭輿臺：指犯人和僕役。　危軒華袞：高帷大車和華貴禮服。指高官。

[22] 峻懋：崇高，美盛。

[23] 丙午：嘉靖二十五年（1546）。

[24] 三槐堂：原爲宋王祐家堂名，在開封東門外。後泛指高官宅第。

[25] 爵：盛酒器。

[26] 太上：猶太古，上古。

窮[27]，言壽要知罔生之辱。夫德、壽之基也，功、壽之輿也[28]，言、壽之華也。」即樽酒教令之間，而不朽之道備矣。然三者見其始而未見其終，著其端而未究其極，則誠門弟子之深懼。繼自今，上之果能永肩一德，不惕威改節，以悅俗固寵；次之果能以身殉國事、專報主，建掀揭非常之功[29]；次之果能崇正論、主國是、排邪議、黜枝葉[30]，有格非反經[31]，垂教範世之益；終之能居之以恒，至老不變，不先貞後黷[32]，蹈所謂似德貪功、尚口罔生之愆[33]：則可以輝名崑鼎[34]，勒伐金冊[35]，三者垂萬年不朽，壽即享萬年不窮。而瑣瑣年數之末，誠不足言矣。使或較齡算之短長、晷行誼之臧否[36]、急一身之利害、視天下之治亂若秦越然[37]，則已往之行，隳于垂成[38]，將來之年，俱為虛假。斯不善自壽者之為。固知夫子必不爾為也[39]。

　　噫！夫子以一身任天下之重，則所以圖不朽者，不得不持之以有終。天以天下之責付于夫子之身，則所以壽平格者[40]，不得不錫之以有永[41]。又何俟門弟子，瑣瑣勸勉頌祝之乎哉！

---

[27] 尚口：徒尚口說。《易‧困》：「有言不信，尚口乃窮也。」孔穎達疏：「處困求通，在於修德，非用言以免困；徒尚口說，更致困窮。」

[28] 輿：車。喻指運載。

[29] 掀揭：即掀天揭地。比喻聲勢浩大或本領高強。

[30] 黜枝葉：擯棄浮華。

[31] 格非反經：糾正錯誤，恢復常道。

[32] 黷（dú）：貪汙。

[33] 愆（qiān）：罪過。

[34] 崑鼎：高鼎。鼎，喻卿相之位。

[35] 勒：刻。　伐：功。　金冊：國史。晉張協《七命》：「生必耀華名於玉牒，歿則勒洪伐于金冊。」

[36] 行誼：行為道義。　臧否：善惡，得失。

[37] 秦越：春秋時秦在西北，越居東南，相距極遠。詩文中常並舉以喻疏遠隔膜，互不相關。

[38] 隳（huī）：廢棄。　垂成：接近成功。

[39] 爾：此。這樣。　為：做。

[40] 平格：公正至善。

[41] 錫：賜予。

# 苑洛先生《志樂》序[1]

世之談經學者，必稱六經[2]。然五經各有專業，而《樂》則滅絕無傳。論治法者[3]，必對舉禮樂。然議禮者，於天秩不易之外[4]，猶深求立異可喜之說。至於樂，則廢棄不講。全德之微[5]，風俗之敝[6]，恒必由之，良可悲夫。然律呂與天地相爲終始[7]，方其隱而未彰也，天既生哲人以作之，則於其既晦也[8]，天忍任其湮沒已乎？闡明之責，蓋必有所寄者。

先生自做秀才時，便抱古樂散亡之憂。當其歲試[9]，藩司聞諸督學虎谷王公云[10]：「律呂之學，今雖失傳，然作之者既出於古人[11]，則在人亦無不可知之理，特未有好古者究心焉耳。」先生於是惕然省悟，退而博極羣書，凡涉于樂者無不參考，其好之之專，雖發疽尋愈不知也[12]。既而得其說矣，於是有《直解》之作[13]。然作用之實未之悉也。自是苦心精思，或脫悟於載籍之

---

[1] 《志樂》：即《苑洛志樂》。樂指音樂。古代帝王以禮樂求尊卑有序、遠近和合。

[2] 六經：儒家六部經典。指《易》、《詩》、《書》、《春秋》、《禮》、《樂》。

[3] 治法：治理國家之法令。

[4] 天秩：上天規定的品秩等級。謂禮法制度。

[5] 全德：完美道德。　微：衰微。

[6] 敝：衰敗。

[7] 律呂：指樂律或音律。

[8] 既：已經。　晦：昏暗不明。

[9] 歲試：歲考。明代提學官每年對所屬府、州、縣之生員、廩生舉行的考試。分別優劣，酌定賞罰。

[10] 藩司：明布政使的別稱。主管一省民政與財務的官員。　督學：學政的別名。派駐各省督導教育行政及考試的專職官員。　虎谷王公：王雲鳳，字應韶，號虎谷。山西和順人。成化二十年進士。授禮部主事。劾太監李廣，下獄，降知州。後升陝西提學僉事，歷副使、按察使，召為國子祭酒，以右僉都御史巡撫宣府。後以憂歸。著《虎谷集》。

[11] 古人：隆慶本、正誼堂本為「吾人」。

[12] 疽：毒瘡。　尋：不久。　愈：痊癒。

[13] 《直解》：即《律呂直解》。

舊[14]，或神會於心得之精，或見是於羣非之中，若天有以啟其衷者。終而觀其深矣，於是有《志樂》之作。曰志云者[15]，先生自謙之辭也，非徒志而已也。是故律生聲[16]，鐘生律[17]，馬遷著之矣[18]；而律經聲緯之遞變，體十用九之明示[19]，則未之及也。圍九分，積八百一十分[20]，班固著之矣[21]；而管員分方、旋宮環轉、乘除規圓之圖[22]，則未之及也。六十調，八十四聲，蔡子著之矣[23]；而起調則例，及正變全半子倍之交用、調均首末長短相生之互見，則未之及也。六變八變九變之用，《周禮》載之矣；而以黃鐘祀天神、以蕤賓祭地祇、以太簇享人鬼，一造化之自然[24]，以黃鐘一均之備，布之於朝廷宮闈，實古今之絕唱，則又有出乎《周禮》之外者也。宏綱細目，一節萬變，信手拈來，觸處皆合，樂之為道盡於是矣。志云乎哉，其於先儒世儒之圖論，備錄不遺

[14] 脫悟：透脫解悟。

[15] 志：記述。

[16] 是故：語氣詞。引出下文。　律：古代用竹管或金屬管制成的定音儀器。以管的長短確定音階高低。亦用作測候季節變化的儀器。《史記》：「武王伐紂，吹律聽聲。」韓邦奇《苑洛志樂》：「聲生於律。蓋律管之從長徑圍積面幂，其分寸釐毫絲忽，無不通者，以黃鐘而吹之則為宮，以太簇而吹之則為商，以姑洗而吹之則為角，以林鐘而吹之則為徵，以南呂而吹之則為羽，此律管所以為聲之元也。」

[17] 鐘：指樂律十二律中的第一律，亦指黃鐘律管，以下的十一律皆由此管而生。

[18] 馬遷：司馬遷，字子長。西漢史學家、文學家。繼其父司馬談太史令之職，為李陵辯護受刑後，忍辱奮力撰著通史《史記》。　著：明示。

[19] 體十用九：體，具於內者為體。用，見於外者為用。指黃鐘之體數，十分為寸，分釐毫絲並同，斷用之九為十。黃鐘之用數，九分為寸，分釐毫絲並同，約體之十以為九，因三分損益而立，若以十，則三分不盡其數，必有餘剩之數，且難推算，約之為九，既不失其十之長，又無餘剩之數，易於推算。

[20] 圍：圓周的周長。　積：體積。指黃鐘長九寸，空圍九分，積八百一十分。

[21] 班固：字孟堅。東漢扶風安陵（今陝西咸陽東北）人。生活于明帝、章帝、和帝之間。官至中護軍、中郎將。著《漢書》、《白虎通義》，明人輯有《班蘭臺集》。

[22] 此句指所繪十二律相示意圖的名稱術語，注略。

[23] 蔡子：蔡元定，字季通，號西山。宋建州建陽人。師事朱熹。慶元中坐黨禁，流道州卒。事蹟具《宋史·道學傳》。著《律呂新書》，法度湛精。

[24] 蕤賓：古樂十二律中之第七律。律分陰陽，奇數六為陽律，偶數六為陰律。蕤賓屬陽律。　太簇：十二律中陽律的第二律。　造化：自然界創造者。

者。是固先生與善之心，然亦欲學者考見得失焉耳。

　　方其始刻之日，九鶴飛舞先生之庭者久之，識者以爲是書感通所致。觀仰秣出聽之說[25]，則鶴之來舞也固宜，而其得樂之正也，此非其明驗矣乎？昔人謂黃帝制律呂[26]，與伏羲畫卦、大禹敘疇同功[27]。然卦疇得程朱數子而始著[28]，律呂得先生是書而始明，則其功當不在數子下。豈曰小補云乎？

　　嗚呼！太和在成化宇宙間[29]，故先生所由生；太和在弘治宇宙間[30]，故是書所由始；太和在嘉靖宇宙間[31]，故是書所由成：則其作誠不偶然也。後之有志於樂者，苟能講求而舉行之，則太和將在萬世之宇宙，而先生之功，至是爲益大矣。然不苦心以求之，何以知是書之正，不得其說而精之，又何以知盛之言不爲阿私也哉。噫！盛不敏，雖學之而未能也，講求之責，深有望于同志君子云。

---

[25] 仰秣：謂馬聽見美妙的音樂，竟反常地昂起頭吃飼料。《荀子・勸學》：「伯牙鼓琴而六馬仰秣。」

[26] 黃帝：傳說中華民族的共同祖先。姬姓，號軒轅氏、有熊氏。相傳蠶桑、舟、車、文字、音律、算數都創始於黃帝時代。　律呂：古代校正樂律的器具。用竹管或金屬管制成，共十二管，管徑相等，以管的長短來確定音的不同高度。從低音管算起，成奇數的六個管叫做律，成偶數的六個管叫做呂，合稱律呂。

[27] 伏羲：又作包犧、宓犧、犧皇等，即太昊。神話中人類的始祖。《易・繫辭下》：「古者包犧氏之王天下也……近取諸身，遠取諸物，於是始作八卦。」　大禹：又稱崇禹、戎禹、伯禹。姒姓。奉舜命繼鯀治理洪水。繼舜位，為夏朝第一代王。　敘疇：疇，類。指傳說中天帝賜給禹治理天下的九類大法，即《洛書》。《書・洪範》：「天乃錫禹洪範九疇，彝倫攸敘。」

[28] 程朱：即宋理學家程顥、程頤和朱熹的合稱。

[29] 太和：亦作大和。天地間沖和之氣。《易・乾》：「保合大和，乃利貞。」　成化：明憲宗朱見深年號。

[30] 弘治：明孝宗朱佑樘年號。

[31] 嘉靖：明世宗朱厚熜年號。

# 送張龍翁老先生拜相序[1]

　　嘉靖己酉歲[2]，春二月，我龍翁老先生，自南都冢宰[3]，拜禮部尚書兼文淵閣大學士[4]。

　　先時陰雨彌旬可厭，迎命之時[5]，倏爾澄霽[6]，萬里一色，若造化有以示其機者。士女觀者[7]，無智愚大小，皆以朝廷得相為慶。天人之交與[8]，何昭昭也。

　　盛等奔走稱賀，先生乃戚然言曰：「惟予無良[9]，承茲大命，架貽無窮之憂[10]，將焉用賀？」二三子惑，咸相謂曰[11]：「君子之仕也，不得於君則憂，不得行其所學則憂，不得立大功於天地間則憂，乃今三者則俱得之矣，不知先生之憂也何故？」

　　及退而思之，然後喟然歎曰[12]：「先生之憂，其國家之福乎！」蓋天下之事每成於憂而敗於喜：夫喜則縱，縱則視天下之事皆易

---

[1] 張龍翁：張治（1488－1550），字文邦，號龍湖。明湖廣茶陵（今屬湖南）人。正德十六年會試中式，世宗即位，成進士。累官至南京吏部尚書。嘉靖二十八年以禮部尚書入為文淵閣大學士，進太子太保。常以兵弱民窮與輔臣撰寫青詞媚主為憂。性平易，喜獎掖士類。有《龍湖文集》。此題一作《送龍湖先生拜相序》。

[2] 己酉歲：指嘉靖二十八年。

[3] 冢宰：稱吏部尚書為冢宰。

[4] 禮部尚書：為禮部之長官。明六部尚書直隸于皇帝，為正二品，額一員。成化、弘治以後，率以翰林儒臣為之。　文淵閣大學士：官名。文淵閣本在南京，為貯藏典籍及天子講讀之地，設大學士掌管，並備顧問。永樂北遷後，以午門內大學士值廬，稱文淵閣。洪熙、宣德以後，閣權加重，掌批答章奏，草擬詔令，實為行使宰相職權。因秩正五品，故常以尚書兼任，以高其品秩。嘉靖以後，朝位班次，俱列六部之上。

[5] 迎命：迎接朝廷的任命。

[6] 倏爾：迅疾貌。形容時間短暫。　澄霽：雨後天色清朗。

[7] 士女：泛指百姓。

[8] 交與：交結相應，和合。

[9] 無良：不善，不好。此處為謙詞。

[10] 貽：遺留。

[11] 咸：皆，都。

[12] 喟然：歎息貌。

也，而忽心生[13]；憂則畏，畏則視天下之事皆難也，而慎心生。慎忽之間，天下之治亂攸繫甚矣！人臣不可一念之不憂也。然憂有一己之憂，有天下之憂。夫憂以一己，則其憂也私，患得患失，將至於終其身而不可解；憂以天下，則其憂也公，雖身膺無窮之慮[14]，而天下之至可樂者隨之。公私之際，憂樂分焉，不可不辨也。

先生自做秀才時已有先憂後樂之志，則夫身任天下之責，其憂固有所不容己者，況夫事之阻滯難處者，又無有紀極乎[15]！是故或係天下之根本，或係國家之安危，或係正學之廢興，或係世道之升降，或係綱常之修墜[16]，或係風俗之盛衰，凡臣子所不忍言者，更僕未易數[17]，正賈誼所謂「可為痛哭流涕」者也[18]。此而安常處順，則亦可以自樂矣，必欲殫智畢力，整頓振作，使氣運景象一如國初宇宙間，不亦難乎？則夫其始也，以天下之憂為己之憂；其既也，以己之憂與天下之憂國者共[19]；其終也，至於天下無可憂之事，而己之憂亦因之以釋。是固先生所以行道立功先憂後樂之心[20]，而天人之所以交與乎先生者此也。謂非國家之福乎？

盛等叨門下，其憂樂之情常相關，故惟述其所以先憂者如

---

[13] 忽：疏忽，不留意。

[14] 膺：承當。

[15] 紀極：窮盡。

[16] 綱常：三綱五常的簡稱。封建時代以君為臣綱、父為子綱、夫為妻綱為三綱，仁義禮智信為五常。亦泛指封建倫理道德。　修：培養，遵循。　墜：喪失，敗壞。

[17] 更僕未易數：意謂「數說不盡」。同成語「更僕難終」。《禮記・儒行》：「遽數之不能終其物（事物），悉數之乃留（久）。更僕（侍御之人）未可終也。」

[18] 賈誼：西漢河南洛陽人。任太中大夫時，數上疏，言時弊。文帝納其言。遂因大臣譖毀，貶為長沙王太傅，遷梁懷王太傅。懷才不遇，鬱鬱終日。因梁王勝墜馬亡，自傷失職，悲泣而死。世稱賈太傅、賈長沙、賈生。有《新書》、《賈長沙集》。所引出自《治安策》。

[19] 既：後。表示事情和動作發生之後不久。

[20] 是固：這本來（當然）。

此。若夫歌詠頌美之辭[21]，固有待于天下既樂之後也。豈敢預贅左右[22]，以啓其矜喜之端哉？

---

[21] 若夫：至於。

[22] 預：事先。　贅：累贅。　左右：不直稱對方，而稱其執事者，表示尊敬。

## 集張節婦冊葉詩文序[1]

　　成天下之事功易，立天下之節義難。語節義之難者，又莫難於婦人之所守。

　　夫人固多事功懋峻赫炫，照耀一世者。然或出於遭際輳合[2]，矯激騁術[3]，以濟其所爲，斯固遇之至順。凡有中人之才者，皆可能之裕如也[4]。至於當天下之至變，而能氣如雷霆，立如山嶽，雖窘辱頓挫，生死利害交於前，而不可少動，則非見足以定、守足以確、力量足以擔當負荷者，鮮不仆矣[5]。然又出於一時義氣激發所致，初無俟于持久操守之難，使歷之以終身，又未知不變否也。

　　惟夫婦人之守節，則撫而幼孤，振而先業，陰柔之身，百責所萃，其負荷之難如此。內無所藉，外無所資，煢然獨立[6]，狼狽無依，其植立之難如此。斯須檢點之或疎，則群議紛然而起，凜凜焉戒慎避嫌之心，自少至老，一時不敢少懈。則必有聖人之資、聖學之功者，始足以守之而不渝，其操存之難又如此。則視丈夫之成事功、立節義者，難易何如也？是婦人之所守，不爲天下之至難者歟！

　　臨洮張婦王氏之守節[7]，其艱苦萬狀雖不可以盡述，然觀諸

---

[1] 張節婦：王氏，狄道生員張通妻。鄉者王亨女，山陰縣令王纓妹。通卒，王氏年甚少，子世安甫一歲，奉姑撫幼，備歷艱辛四十餘年。標題一作《集臨洮張節婦王氏冊集詩文序》（見乾隆二十八年修《狄道州志》）。　冊葉：分頁裝潢成冊的字畫。

[2] 或：或許，也許。　輳合：湊合，巧合。

[3] 矯激：奇異偏激，違逆常情。　騁術：施展技能。

[4] 裕如：寬裕自如。

[5] 鮮：很少。　仆：倒下。

[6] 煢（qióng）然：孤單貌。

[7] 臨洮：府名。治狄道縣（今甘肅臨洮縣）。

張子兌溪之狀、王子渼陂之傳、許子少華之表[8]，則其負荷、其植立、其操存，又不爲婦人守節中之至難至難者歟？其上而朝廷旌表之，下而諸君子歌詠歎賞之，固足以彰激勸風俗之典，亦足以見良心不死之機矣。

　　然節義在婦人者，郡縣俱有之，而節義在丈夫者，天下固不多見。節義之難者，婦人盡之無少歉，而節義之易者，丈夫固反虧之。豈非光岳氣分[9]，天地山川精粹之氣，不萃於男子而盡萃於婦人之身乎？無亦朝廷于忠義者之不獎[10]，奸悖者之不誅，此天下之所以無懼而勸也乎？

　　噫！古人之節義少損者，後之功業足以贖之。今之人不惟節義之掃地，又足以壞天下之事。古人之同于婦人者，已爲可恥，今之人其所爲所行，反婦人之不如。予於此重爲感且媿矣！諸君子其毋徒歌詠婦人也乎[11]！

---

[8] 張兌溪：張萬紀，字舜卿，號兌溪。臨洮府狄道縣人。嘉靖二十六年進士。歷官戶科給事中、禮科右給事中。因上疏營救楊繼盛，遠調廬州任知府。免官歸里後，四十年不登仕途。著《講學語錄》、《超然山人集》等。　按：四庫本、畿輔本、知服齋本皆作「張免溪」。此據《狄道州志》、《臨洮縣誌》改。　王渼陂：王九思，字敬夫，號渼陂。弘治九年進士。授檢討，以附劉瑾爲吏部郎中。瑾敗，降壽州同知，勒致仕。著《碧山樂府》、《渼陂集》等。　許少華：許宗魯，字東侯，號少華。陝西咸寧人。正德十二年進士。嘉靖初視湖廣學政。後以僉都御史巡撫保定、遼東。致仕歸後，構草堂，積圖書，置酒賦詩。有《少華集》、《遼海集》、《歸田集》。

[9] 光岳氣分：猶言天地由混沌之氣分開，上見三光，下為五岳。光，指日月星；岳，五岳。光岳，即天地。馬端臨《文獻通考・自序》：「光岳既分，風氣日漓。」

[10] 無：莫非。

[11] 其：大概。　毋：沒有誰。　徒：僅僅。

# 題兩洲王老先生誥命咨引[1]

惟嘉靖二十有八年春，我兩洲翁以南京禮部尚書三載考最[2]。帝曰：「都哉，朕嘉乃丕績[3]。」會南京吏部尚書缺，僉議請以翁代[4]。帝曰：「俞哉，時克統朕百官[5]。」暨冢宰論翁最[6]，以當進階誥贈推恩三代請。帝曰：「欽哉，惟時宜敘乃功[7]。」爰進翁階為資政大夫[8]，贈先淑人為夫人[9]，贈乃祖乃父如翁官，妣及祖妣如先夫人秩[10]。蓋聖天子知翁甚深，任翁甚專，而眷翁甚隆也。

及咨命寵頒，翁感躍無已，遂載諸軸，題曰「隆恩」。命盛贅言於末。盛于翁為門下士，義無容辭者，乃拜手稽首颺言曰：「於乎[11]！翁之此舉，其忠孝兼至矣乎！」然謂翁之忠者，以昭君賜也；謂翁之孝者，以彰先德也。乃翁之意，則欲持此以為不忘其君親之具，而教天下以忠孝之機[12]。

夫豈人之所能識哉？蓋人臣非不能報君之患，而不敢忘君之

---

[1] 兩洲：王學夔，字唐卿，號兩洲。安福（今屬江西）人。正德九年進士。任吏部主事，以諫南巡，跪闕下，受杖。嘉靖初奏請裁外戚，又申救言官，歷考功、文選郎中。廉謹為時所稱。累官南京吏、禮、兵三部尚書。年九十四卒。　誥命：皇帝賜爵和授官的詔令。　咨：咨命，天子之命。　引：一種文體。大略如序而稍為簡短。

[2] 考最：政績考列上等。

[3] 都哉：嘆詞。表示讚美。　嘉：嘉許，表彰。　乃：其。　丕績：大功績。

[4] 僉議：眾臣商議。

[5] 俞哉：表示應允。

[6] 暨：及。　冢宰：吏部尚書之稱。

[7] 欽哉：表示謹慎、鄭重。

[8] 爰：於是。連詞。　資政大夫：文職散官稱號。明代為四十二階之第六，正二品。

[9] 淑人：明為三品官員祖母、母、妻封號。

[10] 妣：稱母或亡母。　祖妣：稱已故祖母。　秩：品位。

[11] 於（wū）乎：感歎詞。表示讚美、慨歎。

[12] 機：時機。

難。夫人子孫能顯其親者何限，而不忍忘之者蓋鮮矣。臣而至於一念之忘其君，子至於一念之忘其親，則其所以報之顯之者，未知有得于忠孝否耶！惟天純佑我國家，故賚翁爲之臣[13]。惟天眷王氏之世德，故畀翁爲之後[14]。則翁之一身，固忠孝之管也。是故唯翁之忠在朝著[15]，唯翁之孝在家庭，唯翁忠孝之實在史冊，斯固夫人之所共知者。其在今日之膺榮命，而必軸以懸之，朝夕在目，是不可以識翁忠孝之心哉？翁之心不以一念而忘其君親者也，而猶寄其識於誥贈之典者，蓋欲其覿綸音之重[16]，若日對越乎君[17]，視贈秩之崇，即先人之常如有見耳。夫日如對越乎君，則思所以報之者，自不容一時之或弛。先人常如有見，則體祖父承恩欲報之心，而殫智畢力代之以仰答者，自不容一時之少懈。是則翁之所以不忘其君與親之心也。雖然，必俟有所感觸而後不忘[18]，則其爲忠孝也亦有間矣[19]，翁之忠孝出於天性，而其所以不忘者，夫豈有待於此？抑亦假之以表率百官、垂訓子孫焉耳。是故使子孫百官有所感而不忘其君，則所以報之者爲無窮，而其忠即翁之忠；有所感而不忘其親，則所以顯之者爲無窮，而其孝即翁之孝。推而萬世臣子知所以報之顯之者，皆翁之不忘者起之，又非即翁之忠孝矣乎？是則翁之所以教天下以忠孝之心也。夫既盡其己之心，又推諸人，而使各知所以自盡，則謂翁之忠孝爲兼至也非歟？噫！體翁之心者，是又在翁之子孫及厥百官

---

[13] 賚（lài）：賜予。

[14] 畀（bì）：賜與。

[15] 朝著：朝班。即朝廷百官之列。

[16] 綸音：帝王的詔令。

[17] 對越：猶對揚。答謝頌揚。《爾雅》：「越，揚也。」

[18] 雖然：即使如此。

[19] 有間：有差別。

而已[20]。盛雖不敏，誠願與賢後昆暨羣屬共勉焉[21]。而後之觀者，亦將有所感夫？

---

[20] 厥：其。代詞。起指示作用。

[21] 後昆：後代。　暨：與。　羣屬：眾多僚屬。

# 望雲思親圖引

　　人子愛親之心存於中而不可解[1]，然後思親之心隨所在而不能忘。世之言孝者，不過曰含菽縕絮[2]，致滋美，勤定省[3]，祇服厥事而已[4]。然朝夕在側，固其情之不得不然。而少知天性之愛者，皆可以爲之易易耳。乃若遠從王事[5]，時當慕君[6]，非真有愛親之心，其孰能不遷且忘乎！

　　齊人孫子，以儒行充獄掾[7]，予以排奸繫獄，孫子常侍左右，一言及厥母即垂涕飲泣，其憂戚思慕之情藹如也[8]。今即三年矣，每言及之，其涕泣憂思之情如初。予因此一節甚重之。鄉友米子華[9]，乃原仁傑故事[10]，繪《望雲思親圖》贈之。椒山子爲之引曰：孫子之愛親如此，可謂孝矣！然孝之道尙有進於此者，夫人之一身，於親則謂之子，於君則謂之臣，均之無所逃焉者也。然方其事君也，鮮有不忘其親，及其事親也，又鮮有不忘其君者。是忠於君而孝衰，孝於親而忠廢，又焉得謂之忠與孝乎？孫子今日之事君，既知所以不忘其親矣，則夫他日歸而事親也，顧可以

[1] 中：指胸中。　解：休止。
[2] 含菽縕絮：指自己吃粗食穿破衣。《揚子法言》：「子有含菽縕絮，而致滋美其親，將以求孝也。人曰僞，如之何？」
[3] 定省：昏定而晨省。
[4] 祇：只。　服：承擔。
[5] 王事：王命差遣的公事。
[6] 慕君：思慕君王。
[7] 孫子：孫儒。山東黃縣人。疑與本集中詩《賀獄吏孫東渠母壽幷序》所指孫東渠爲一人。　儒行：儒家的道德規範、行爲準則。　獄掾：主管刑獄的官吏。
[8] 藹如：和氣可親貌。
[9] 米子華：生平未詳。
[10] 原：本原，考究。　仁傑：狄仁傑，字懷英。唐幷州太原人。官至相位。封燕國公。《舊唐書·狄仁傑傳》：「薦授幷州都督府法曹。其親在河陽別業，仁傑赴幷州，登太行山，南望見白雲孤飛，謂左右曰：『吾親所居，在此雲下。』瞻望佇立久之，雲移乃行。」

忘其君乎？其事君而思親也，歸而養之，孝不可以不篤矣，則夫他日事親而思君也，起而官之，忠惡可以不至乎[11]！是故孝能忠於君者，孝之全也，忠能顯其親者，孝之大也。此愛親之道，視諸望雲而思者何如耶？

噫！臣子之事君親，惟在乎一心而已。心苟在乎君親，則鞠躬盡瘁固忠也，逃跡山林亦忠也，舉足不忘固孝也，不得已而至於忘之亦孝也。不然，則致赫炫之業者，君子謂之負君，聚百順以事者，君子亦謂之不肖子，況屑屑於聲色之末，觀美之具乎[12]！孫子歸而質之鄉士大夫[13]，其愛親之道，諒又必有進於此者，當反而告予可也。

---

[11] 惡（wū）：疑問代詞。相當於「何」、「怎麼」。
[12] 觀美：外觀美。
[13] 質：問。

# 劉司獄承恩圖引[1]

　　風雨霜露，皆上天生物之仁[2]，而雨露之恩爲最渥[3]。爵賞刑罰，皆人君惠臣之典，而爵賞之恩爲尤厚。古之人臣，雖刑罰之加，猶且感其曲成之愛，而圖報之思無窮。況夫爵賞之施，所以行吾之志而厚吾之生者，其報禮之重當何如也！世之爲臣者，以彌縫爲要位之機械，以阿諛爲固寵之筌蹄，方日幸其己術之能中[4]。豈知其恩惠之在君，是故圖報之心輕以疏，而盡忠于君者蓋鮮。嗚呼，臣道之不見於天下也久矣，孰謂不敢忘君之恩，乃有如司獄劉子乎！

　　劉子，關中人，以儒行起刀筆[5]，官于刑曹[6]。方予以排奸被杖繫獄，適劉子治獄事，日侍左右，躬湯藥，進飲食，彷徨奔走於其間。故予得僥倖不死者，劉子維持保護之功居多。甲寅歲以三載考最[7]，得膺勅命[8]，乃感激繪圖，志不忘焉。

　　椒山子爲之引曰：爲臣不忠於君，凡以不知君恩之重起之也。蓋人臣一登仕版[9]，則此身已屬於君，其宮室服食之美，車馬姜御之奉[10]，父祖妻子之榮，無一而非君惠之所及。則恩同于天，蓋有如雨露之至渥者。苟少思其君之所惠，必將以心攄君，

---

[1]　劉司獄：劉時守。陝西涇陽人。餘未詳。司獄，爲司獄司主官，即管理監獄的官長。從九品。

[2]　生物：育生萬物。　仁：仁德。

[3]　渥（wò）：滋潤，優厚。

[4]　中：符合。指達到目的。

[5]　刀筆：指掌文案的官吏。

[6]　刑曹：分管刑事的官署。曹，古代分科辦事的部門或官署。猶今言「處」或「科」。

[7]　甲寅歲：此指嘉靖三十三年。

[8]　膺：接受。　勅命：皇帝詔命。明代贈封六品以下官職的命令稱「勅命」。

[9]　仕版：舊指記載官吏名籍的簿冊。此借指仕途、官場。

[10]　御：泛指婢妾。

以身殉國，匡輔君德，弼成王業[11]，鞠躬盡瘁，朝夕不遑矣[12]。惟其受君恩而不知，則視君於己若不相屬者[13]，欲其盡忠也，不亦難乎？劉子以承恩繪圖，可謂知感君恩而不忘矣。然錫予有大小[14]，皆人君爵賞之恩，官秩有崇卑，皆可以盡其職而重其報。而司獄民命所係，又於報君爲最切，則夫仁以宅心[15]，廉以律己，勤以趨事，誠以御物[16]，以求仰答君恩之重，端於劉子有望焉。否則，急身圖則汙，輕民命則殘，事矯激則怪，尚煩瑣則迂，謂之棄恩負君，而所謂繪圖之意亦虛矣！

　　噫！舒慘並行者[17]，上天生物之常也；寵辱迭用者，人君御世之權也。人臣欲不忘爵賞之恩，請自不忘刑罰之恩始。

---

[11] 弼：輔佐。
[12] 遑：閒暇。
[13] 相屬：相關。
[14] 錫予：賜給。
[15] 宅心：放在心上。
[16] 御物：帝王專用之物。宗廟服器。
[17] 舒慘：指「陰晴」、「好壞」、「豐歉」、「苦樂」等。

# 跋冀梅軒留《朱子語畧》後[1]

卜子曰:「仕而優則學,學而優則仕[2]。」仕學一道也。但世之學者,皆溺於詞章之末[3],或優而仕也,亦利祿而已爾。世之仕者,皆急於刑名兵賦之圖[4],或優而學也,亦技藝而已爾。未仕之前,其學已如彼,既仕之後,其學又如此。道學之不明也久矣。何幸于梅軒有望乎!

冀子梅軒,方其學也,無非身心性命之懿[5],及其仕也,無非為國為民之要,則仕豈世之所謂仕,學豈世之所謂學乎?其提牢一月[6],袪獄弊,恤獄囚,疏獄滯,嚴獄防,罔不竭盡心力。或少餘暇,則讀書不輟,其所讀者,又皆身心性命之典。於事竣,乃以《朱子語畧》留於秋官別署[7]。

噫!觀提牢之政,則梅軒之仕可知已[8],觀此書之留,則梅軒之學可知已。道學之不明也久矣[9]。何幸于梅軒有望乎!

---

[1] 冀梅軒:冀國,字定甫,號梅軒。河南輝縣人。嘉靖十六年(1537)舉人。官直隸唐山知縣、刑部主事,繼改戶部,歷員外郎、郎中,陞貴州都勻府知府。致仕歸里後,參予改水田,刊江南肥田之法,立石教民。享年八十二,無疾而逝。(光緒二十一年重訂《輝縣誌・人物・鄉賢》) 朱子語畧:後人所輯宋理學家朱熹的語錄。

[2] 卜子:即卜商,字子夏。春秋末衛國人,一說晉國溫人。孔子弟子,以文學見稱。引語見《論語》。意謂仕與學,可互資進益。

[3] 詞章:詩文的總稱。

[4] 刑名:即刑名學。戰國時以申不害為代表的學派。主張循名責實,慎賞明罰。《史記・申不害傳》:「本于黃老,而主刑名。」

[5] 懿:美德。

[6] 提牢:謂管理監獄。

[7] 秋官:指掌司刑法的官員。

[8] 已:語氣詞。表肯定而帶感歎語氣。

[9] 道學:道德學問。

# 介 軒 說[1]

　　介安從生，生於吾心之義。義又安從始，始於在天之利。是故本諸心而原諸天，非由外鑠者也[2]。夫人之所以植綱常，弘德業，參天地，匹聖賢，皆賴此以爲之質幹[3]。是可苟焉已乎？

　　必剛與廉二者合，而介始成矣。然乖愎以忤物[4]，則似介之剛而非剛；矯情以駭俗，則似介之廉而非廉。毫釐千里，不可不察也。而世之號爲介者，乃不求其合於天，而求其合於人，不求諸吾心，而求聲音笑貌之末。故能介於外者，或不能介於內，能介於始者，或不能介於終，則似介非介，不過欺世之機械，要寵之筌蹄耳。其害介也，不既深乎？

　　觀李封君之介[5]，自心而身而家而鄉，其介之操同，自少而壯而老，其介之操又同。夫固合內外始終而一之者。謂之天下之至介非歟[6]？則以之名軒也固宜。論者猶以封君之介不及於天下惜之，然述之者有司寇禹江[7]，則天下之頌其介也固有待矣。

　　噫！不苟和之謂介，然介而不和者偏也，不苟取之謂介，苟有意取名焉，雖非貨利亦謂之取矣。敢以是足介說之義。

---

[1] 介軒：以介名軒。介，節操堅定。《易·豫》：「介於石。」〔疏〕曰「守志耿介似於石」。《孟子·盡心上》：「不以三公易介。」

[2] 外鑠：指外力。鑠，滲入或授與。

[3] 質幹：指事物的主體。

[4] 乖愎：怪僻，執拗。　　忤：觸犯。

[5] 李封君：李素端，以子李遜封主事。封君，封建時代因子孫顯貴而受封典者。

[6] 非歟：不是嗎？

[7] 司寇：刑部官名。掌刑獄、糾察等事。　　禹江：李遜，字子益，一字洪西，號禹江。江西新建人。嘉靖二十三年進士。官南京刑部郎中、安慶知府、廣東督學。明爽愷悌，所至多惠聲。（見《新建縣誌》、《宿松縣誌》）

# 記開煤山

臨洮八十里鎖林峽[1]，有煤山二區焉，一在峽之西，一在地竺寺前。先是開者，數為番民所阻[2]，有司至不能制[3]。予以諫開馬市，謫官狄道，尋欲開之[4]，而不敢專也。會庠生張子汝言[5]，白於府縣，允之。委府相陳言，往董其事[6]，乃番民阻之又如昔。予遂偕指揮使李子節[7]，門人李維芳、陳恂、宋誥[8]，親往治之。至則先懾之以威，次惠之以賞。由是煤利以開，番民遂服。予不喜煤利之開，而喜番民之服也。遂記之。

---

[1] 臨洮：府名。治狄道縣（今甘肅臨洮縣）。

[2] 番民：舊稱少數民族。

[3] 有司：官吏。古代設官分職，各有專司，故稱。

[4] 尋：謀求。

[5] 庠生：明時為秀才的別稱。

[6] 董：主持。

[7] 指揮使：明為各衛長官，少數民族地區置羈縻衛指揮使，由少數民族首領充任。 李子節：未詳。 按：此句各本皆無「指」字，現據乾隆二十八年修《狄道州志》改。

[8] 李維芳：教授。 陳恂：貢生。 宋誥：一作宗誥。廩生。

# 與繼津年兄書[1]

　　承問，足見兄爲國之忠，樂善之誠。弟不當阻抑之，以隳其向上之志。但愚衷有見其不便者數條，請上陳之，備採納焉。

　　此事部中允行，而人皆避事，蓋難其人，而兄獨勇往任之，則爲眾悅服。今本部既束高閣，而兄欲強行，則堂官惡之[2]，同僚忌之。此不便一也。兄爲拯援小弟之故，仇家欲害而無由，乃今自尋事幹，是自居受害之淵藪[3]。此不便二也。弟訪問宣大將官[4]，俱云地方狼狽已極，兵馬必難整飭，所謂雖有善者，無如之何。兄欲任之，萬無成功之理。昨何道長慨然有開海運之請[5]，一無成功，人皆笑之。此不便三也。到彼處行事，凡有謀爲，必先題請。兄自忖當道者，果欣而允之乎？抑或故阻其所爲乎？此不便四也。許公之請，必欲其駐劄陽和城[6]，兄無兵馬之寄，一遇有警，軍將各守信地，遺一空城。寇或逼圍，將何以爲保身家之策。此不便五也。整飭兵馬，責任甚重，萬一失事，其責當與將領督撫等。兄自忖其當道者，肯恕兄乎？抑必加重於兄乎？此不便六也。細觀許多之疏，蓋恐一時失事，兵部參劾，故扯兵部官在內，將欲謝擔於兵部衙門[7]，且又云責令容彼提調，則若彼

---

[1]　繼津：王遴（1523－1608），字繼津。明順天府霸州（今屬河北）人。嘉靖二十六年進士。官兵部員外郎。性峭直，矜節概。當楊繼盛劾嚴嵩獲死罪時，以女許配其子。嵩恚恕，被下獄。事白，復官。隆慶間，巡撫宣府，大興屯田。萬曆初，因忤張居正，移疾歸。張卒後，歷官工、戶、兵三部尚書。　年兄：科舉制度中同榜登科者稱為同年，互稱年兄。

[2]　堂官：明代時對中央各部長官如尚書、侍郎等的通稱。

[3]　淵藪：此指根源。

[4]　宣大：指宣府鎮（今河北宣化）、大同鎮（今山西大同市）兩地。

[5]　何道長：未詳。

[6]　陽和城：即陽和衛，治今山西省陽高縣。為當時北邊軍事重鎮。

[7]　謝擔：推卸責任。

之屬官者，勢機在彼持握，豈得自專行事。無事之日，受彼提制，有事之日，替彼頂扛[8]。成功難必，禍害預知。此不便七也。

夫識時勢者在俊傑，此等時勢，兄識之久矣。而必欲為此者，蓋一念為國之誠，故利害有所不暇顧耳。然欲幹天下之事，當思如何下手，如何收煞。事成如何結果，不成落何名目。死生雖不計，畢竟果不徒死否！思之思之，又重思之。弟非阻兄忠貞之為，若損友者[9]。蓋真見事必不可成故耳。況此時兄十分小心迴避，猶恐禍及，何乃自投禍機乎？情出迫切，不覺涕泣而道，直述其事。詞意不倫，幸惟情亮[10]。


# 又


仰讀手教[11]，足見兄以天下為己任，敬羨敬羨！宣大係天下安危，弟豈不知，使弟在部，必為兄之所為者，乃阻抑若此者何？蓋以兄處最嫌疑之故耳，況老賊報復害人之巧入於至神者乎[12]！此弟之所甚慮，而知己溺愛迫切之情如何能已。此事在他人為之如何不可，而在兄為之則甚不可。兄才尚有大展時節，此時且斂鋒蓄銳，俟時可為，則轟烈一場。勿徒惟盡其心，而不計事之成否。人皆知致身為忠，不知為天下愛其身尤為忠之大者。請兄更思！

---

[8] 頂扛：亦作頂缸。指代人受過。

[9] 損友：對自己有害的朋友。

[10] 幸惟：敬詞。　亮：原諒。

[11] 手教：手書。對來信的敬稱。

[12] 至神：指非常人所能及的境地。

# 上徐少湖翁師救荒愚見[1]

　　某既以言得罪，宜絕口不言天下事。但聞窮民病苦之狀，若割心肺，日夜憂思，至廢寢食，故有欲默而不容忍者。而夫子抱能受言之量，居能行言之位，而某極荷相知，又有可言之機，寧容隱乎？謹陳救荒愚見，伏請尊裁[2]。

　　城中餓殍，死亡滿道，人人驚惶，似非太平景象。夫京師之民各有身役常業，何以頓至於死，而所死者皆外郡就食之人也。蓋緣各處司民牧者無救荒之策之心[3]，而京師有捨米捨飯減價賣米之惠，故皆聞風而來。當其事者，又不肯盡心，鮮有實惠，故每凍餓以至於死。是以京師為溝壑誘外郡之民而填之也。

　　救荒自有均平普遍之政，何必煦煦然為此小惠[4]，誘民以至於死乎？莫若行令各處撫按有司[5]，作急賑濟，然後出給告示，諭以本處賑濟之故，使各歸鄉里。又將所捨之米預支二三十日，以為回家盤費之資。則窮民有鄉井飽食之樂，京師無死亡道路之慘矣。

　　連年豐稔，止有此歲之餓[6]，一郡之粟自足以供一郡之食，特在上者區處之無其道耳[7]。官倉之粟，可賑濟也，亦可價賣也。富室之粟，可勸借也，亦可責令減價糶也。蓋官倉除備邊急緊不可動支外，其餘有積至數十年將腐者，合暫變賣收價，到秋易新，

---

[1] 題一作《上徐少胡公論救荒書》。　徐少湖：徐階。見《請誅賊臣疏》注。
[2] 伏：敬詞。
[3] 民牧：舊時謂治理民眾的君王或地方長官。
[4] 煦煦然：惠愛貌。
[5] 撫按：巡撫和巡按的合稱。　有司：官吏。
[6] 餓：四庫本作「艱」。味菜廬本作「荒」。此取隆慶本、李本、正誼堂本。
[7] 上：上位。指上司。　區處：處理，籌畫安排。

似為兩便。富室有積粟至千萬石者[8]，皆坐索高價以邀重利，故米價至於騰踊。合依少定價裁抑之，又當以禮獎勸借，官給以帖，到秋償還。則米價自可日減，窮民自返故鄉矣。

窮民既無處辦米，或賣產傭工，止可得錢。今乃分為等類，定為價數，則錢法紛亂，而民益告病矣[9]。夫錢法之行也，或朝貴而暮賤，或此處用而彼處不用，若有神以使之，雖市人亦不知其所以然也[10]，其可以官法定之乎？為今之計，當為權宜之術[11]，不分等類，不問大小，俱責令折算通行，其價數之多寡，任從民便，官府不得而與焉。則錢法可通，而商民俱便矣。

米價騰踊，日甚一日，今定為官價，似為裁抑之術。然在京師則有所不能行者，蓋各鋪戶之米，俱貴價糴買，非若外郡富家田內自穫。然今定為輕價，彼豈肯折本糶賣。且各處販米者，一聞價輕，孰肯再來。外米不肯來，內米不肯糶，不知其將來至於何如也。如定米價，亦俟春間販米至者多，然後議之。

北地既荒，全賴南米之來。使河道阻滯，則來者延遲，恐緩不濟事。賊盜甚多，或搶掠一船，則後者聞風，孰肯再來。今宜行令各河道官，使開河之時，先放米船行，一遇壅塞，則遣官夫拽運，一若轉運官糧然，則米正月終可到矣。又行令各處地方官，使嚴加巡捕，防守護送，則販者無失米之憂，所來者必多矣。南米來者既多，又憂米價之不減乎？

盜生於貧，雖勢所必至，然荒年而至於盜起，斯亦可憂矣。聞各處撫按，分付各屬官，今且暫寬治盜之法，其意懼生變也。以故各官於賊盜之獲，俱姑息寬縱之。此端一開，為盜者眾，貧

---

[8]　石：量詞。（今讀 dàn）。計算容量的單位。十斗為一石。

[9]　告病：此指訴說傷痛。

[10]　市人：市肆中人，商人。

[11]　權宜：謂暫時適宜的措施。

者日至放肆，富者日不安生，是民之爲盜雖起於年凶，亦上之人有以教之耳。夫濟荒自有長策，未聞教民爲盜以救之也。況漸不可長，民不可逞。恐隄防一撤[12]，紀綱遂壞，其變有不可勝言者。宜行令各處撫按有司，使遇賊盜仍治之如法，則禁盜乃所以止盜，而止盜正乃所以救荒也。

---

[12] 隄防：管束，防備。　撤：撤除。

# 與少司寇吉陽何公書[1]

## 何公四札係先生遺筆原集未載今補刻

敝鄉人劉大使便[2]，曾具小啓[3]，想已達左右矣。

得勅命後[4]，即告病山居，涵養數年，然後出而幹事，此弟定志也。不意方投文書，即有此轉[5]，聞命驚惶，若有所失，以未成之學，疎直之性，進則有敗壞之凶，退則有避事之罪，天不戕就，用之太早，幾非在我，奈之何哉！

連日與二三相知講求出處之道，議論紛紜，莫知折衷，請爲吾兄陳之。

或告弟曰[6]：「方今之世，和光同塵[7]，可以免禍。以子所爲，禍定不免。與其得罪于人，陰受不測之禍，孰若出位建白[8]，直言時弊。死則爲鐵脊之鬼[9]，生則爲田野之人，以圖不朽，以求不忝所生[10]，不亦可乎？」此一說也。

或告之曰：「天下之事尙有可爲，與其愚直以取重禍，莫若

---

1] 少司寇：明時爲刑部侍郎的別稱。　吉陽何公：何遷（1501－1574），字益之，號吉陽。明湖廣德安（今屬江西）人。嘉靖二十年進士。官南京吏部考功郎中、刑部侍郎。受業理學，出入王陽明、湛若水二家之間，別爲一義。著有《吉陽集》、《友問》。

2] 敝：謙詞。　　大使：明代爲中央與地方機構中低級事務官。

3] 小啟：短函。

4] 勅命：皇帝詔令。

5] 此轉：指嘉靖三十年春調任兵部車駕司員外郎。

6] 或：有人。

7] 和光同塵：指不露鋒芒、與世無爭的處世態度。

8] 出位：越出本位。　　建白：陳述意見或倡議。

9] 鐵脊：謂剛強不屈。宋林景熙《雜詠十首酬汪鎮卿》：「英風傲几碙，濱死猶鐵脊。」（一作黃庚詩《讀文丞相吟嘯稿》）宋王邁《送吳魁君謀扠告赴召二首》：「竪鐵脊梁須我筆，橫金腰帶聽伊渠。」

10] 忝：有愧於。

上疏自獻，收豪傑，募死士[11]，行邊疆，圖方畧，相機審勢，與虜決一死戰[12]，以報蒼生殺擄之讐，以雪朝廷城下之恥，不亦可乎？」此一說也。

或告之曰：「位卑而言高，罪也，力小而任重，僕也。莫若盡其見在之職[13]，不爲出位之思，俟權到手，得行其志，然後斬奸賊之首，梟胡虜之頭[14]，不亦可乎？」此又一說也。

即此三說，證諸本體，莫知取捨，學問至此，莫知究竟，萬望尋便速賜指教，以爲弟行止依歸，甚幸甚幸！

弟自到家，養靜工夫不敢放下，其處己接人，視前次亦差有得[15]。昨過易州[16]，登太寧諸山、乳泉諸洞。遊覽之暇，檢點前後，似若少進。但一入京師，目前世情人物，俱見可惡，若不可一朝居者，極知此是病痛，常自寬假[17]。然此根終排遣不去，不知吾兄將何以教之乎。此時此際，真若自天堂而墮於地獄，由仙侶而降爲眾生。寅入酉出[18]，日幹瑣事，回思南都，不覺痛哭流涕。

至忙迫中，不及詳告，統容鄙布不盡[19]。

其外紈扇之約[20]，弟赴京之遲，兄舉事之早，故坐失約。然

---

[11] 死士：敢死的勇士。

[12] 虜：四庫本作「賊」。味菜盧本作「胡」。知服齋本作「寇」。畿輔本空一字。此取正誼堂本、五忠集本。

[13] 見（xiàn）在：現時，現在。

[14] 胡虜：四庫本作「賊寇」。知服齋本、五忠集本作「俺答」。 此取正誼堂本、味菜盧本。

[15] 差：略微。 有得：有所得。 按：四庫本、畿輔本於此句後原缺二字，現據知服齋本加「有得」。

[16] 易州：治所即今河北易縣。

[17] 寬假：寬容，寬縱。

[18] 寅：相當於今三點鐘至五點鐘。 酉：即十七時至十九時。

[19] 鄙：鄙人。自稱的謙詞。 布：表達，陳述。

[20] 紈扇：細絹製成的圓扇。

都下之品題[21]，不外於前日之相議者也。拱候大政報成[22]，奉賀不具[23]。

仲春念八日得華剳[24]，季春望日生盛頓首覆[25]。

# 又

違教渴思[26]，非言可盡。

南遊已久，歸來風土反不能習。日食面椒，夜臥熱匼[27]，痰火盛發，遍體熱瘡，兩耳壅塞，四肢麻木。臥床月餘，方少愈，而家叔病故，貧不能葬，凡百惟弟承當，故臘月赴京之行不果，意圖考滿得敕命後即臥病不出，未知竟能遂否也。

自抵家，惟居野村。春來病少差[28]，日與舊會友數十人講舉子業[29]。會文之中[30]，因寓性命之談[31]，初若不相入，邇來則浸浸然動矣。敝縣大尹[32]，亦時入講，一時士風若為興起。弟學綿力薄，不能日新，良用為懼也。

別時分付事，弟未入京無以應命。今年大事，南都士夫俱相慶得人[33]。吾兄一生之道德功名，皆於此事定之，可不慎乎？

---

21 品題：指詩文和書畫上的題跋或品評。

22 拱候：拱手相候，恭候。

23 不具：猶言不詳備。書信末尾常用語。

24 念：二十的俗稱。

25 望日：指舊曆每月的十五日。

26 違教：謙詞。謂沒有聽從有教益的話。

27 匼：「炕」的古字。

28 差（chài）：病除。

29 會友：有文才的好友。　舉子業：為應科舉考試而準備的學業。此專指八股文。

30 會文：《論語・顏淵》：「君子以文會友。」後因稱文人相聚談藝為「會文」。

31 性命：中國古代哲學指萬物的天賦和稟受。此專指理學。

32 大尹：對府縣行政長官的稱呼。

33 事：任用。　南都：南京。

則夫知仁勇三者，不可不朝夕體貼也。去秋上龍湖翁小啓[34]，啓末云：「有一時之富貴，有萬世之事功，有目前之榮辱，有身後之褒貶。不惟以義言之，其輕重分明，雖以利言之，其輕重亦較然可懼也[35]。審幾定趨[36]，是在老先生。」歲暮，亦以此告少湖翁[37]。若爲見刖[38]，敢不揣僭妄[39]，再爲負宰相之望者獻之，可乎？一代宗道，專望吾兄主張，不可不憂勤惕厲也。

回瞻雅會，領教無由。仙凡懸隔，曷勝仰戀[40]。鄉人劉大使便，謹此代候。匆匆不盡欲言，統惟鑒諒。

新春二十七日，生盛頓首拜具。

# 又

別時辱教，言諄諄切於骨髓。弟以愚疎，謀爲拙謬，自貽顚躓[41]，負教甚深。圜土二年[42]，仰托雲庇[43]，居食如常，身心寧靜，患難之中[44]，若有所得。是前日相講之學，乃今日受用之

---

[34] 龍湖翁：張治。見前《送張龍湖先生拜相序》注。

[35] 較然：明顯貌。 懼：警戒，憂慮。

[36] 審幾：明察關鍵或細微之處。 定趨：固定準則。

[37] 少湖翁：徐階。見前《壽徐少湖翁師序》注。

[38] 刖（yuè）：《周易·象》曰：「剕（削鼻之刑）刖（截足之刑），志未得也。」春秋時楚人卞和得寶玉，先後獻給楚厲王、武王，都被認爲欺詐，被截去雙腳。後用爲成語「獻璞見刖」，喻指獻言被誤解而不予採納。按：味菜廬本作「刪」。畿輔本作「受」。五忠集本作「用」。此取四庫本、正誼堂本、知服齋本。

[39] 僭妄：越分而狂妄。

[40] 曷勝：何勝。用反問語氣表示不盡。

[41] 貽：致使。 顚躓：困頓，挫折。

[42] 圜土：牢獄。

[43] 雲庇：《水經注》卷二十四：京房易候曰：「何以知賢人隱？（顏）師（古）曰：『四方常有大雲，五色具而不雨，其下賢人隱矣。』」後用「雲庇」喻指神人庇護。宋周必大《回句容范宰卣啟》：「某久慕風期，幸依雲庇。」

[44] 「患難」後原缺二字，此據知服齋本補。

處也。所苦者危疑孑立，日伍囚徒，一點生機，不見長進，恐終為鐵脊漢而已。便中望賜教萬萬。此時此際，生死未卜，誌表之托，兄與淡泉諾之矣[45]。不知肯不負否也。有懷如海，萬難悉一，統惟鑒諒不盡。

　　仲冬念二日，弟盛頓首謹狀。

# 又

　　弟足初屈不能伸，今夏一場傷寒，則全愈矣。且身體勁健，異於昔日。承諸同志周給[46]，不惟用度充足，且置田百餘畝，可以供給無窮。今秋人田俱潦，獨弟田獲收六七十石，人以為神，云是弟坐監反勝做官多矣。兩個犬子，一十歲，一六歲，新開蒙讀書，俱聰敏可望。賤累輩俱吃齋[47]，日誦道經，祈弟平安，弟禁之不止，亦任之而已。十歲子已省人事，與弟婦經理家務。內外嚴肅，弟可無內顧之憂。謹瑣瑣告說，以紓吾兄愛弟之慮。老賊千方百計，必欲置弟于死，賴聖明還有主張。今秋朝審，賊輩以裕府差人送飯打路之說[48]，騰播中外，亦聞主上幸聖明不究其事。此時弟甚危矣，豈惟弟危，雖裕府亦恐不利也。自大廓老去後[49]，弟始可以無憂矣[50]。

---

[45] 淡泉：鄭曉（1499－1566），字窒甫，號淡泉。明海鹽（今屬浙江）人。嘉靖二年進士。歷史部考功郎中、南京吏部尚書、兵部尚書等。屢忤嚴嵩，落職歸。曉通經術，熟悉掌故。著有《吾學編》、《今言》等。

[46] 同志：指志趣相同的人。　周給：接濟。

[47] 賤累：謙稱自己的妻兒子女。

[48] 裕府：世宗第三子朱載垕裕王的王府。見《請誅賊臣疏》注[73]。

[49] 大廓：空虛寥廓。　老去：指死去。

[50] 弟：此字後四庫本、味菜廬本注「缺三字」。正誼堂本空三字。乾坤正氣集（求是齋）本、畿輔本作「始可以」，知服齋本作「他事可」。

# 辭陝西巡按劉取書院帖[1]

## 辭按院二帖原集未載今補刻

臨洮府狄道縣典史楊繼盛上言[2]：職官居首領，分在鄙賤[3]，每於吏事之委，即趨赴不敢辭。況蒙本院按部鞏昌[4]，禮取書院[5]，教兩府生員。夫以卑賤之官，付以尊重之任，是雖優處之典，實篤年誼之情。苟非木石，自當知感，豈敢遲緩，惹罪不便。第以學疏行簡[6]，既不足以語師道之尊嚴，而事有牽繫於心，又有甚不可已者。念職之及門受業五十餘人，日相切劘[7]，情意相孚[8]，此時不忍遽離。且買山一區，造書院數間，尚未落成，此時功虧，未免廢棄。又買贍學山地一千六百餘畝[9]，一以供給諸生，一以教民農桑，此時不治，未免荒蕪。縣舊無社學，已買基址，尚未修建，儒童三百餘人尚在寺讀書，此時中止，未免散去。其分理縣政，尚有數事，未曾就緒，此時離任，未免中廢。凡此將成諸務，一旦廢棄，不無可惜。切思臨洮、鞏昌皆本院所按屬者也[10]，鞏昌有書院，臨洮亦有肄業之所，必顧取本職離任往教，而不移

---

[1] 巡按：巡按御史的簡稱。明都察院專差御史。在地方考察民情，監督吏治，雖官為七品，因是欽差，事權甚重。　劉：未詳。　書院：古代修書、侍講機構或私人、官府設立的供人讀書、講學的處所。明代多為習舉業而設。

[2] 典史：明為各縣首領官，未入流。掌出納文移。如縣丞、主簿缺，則代行其政。掌糧馬、捕盜事。

[3] 職：舊時下屬對上司的自稱。　首領：首領官，金元以後對中央及地方各官署中掌管案牘、管轄吏員並協助長官處理政務官員的統稱。典史為其中之一。　分：地位，身分。

[4] 鞏昌：府名。明以鞏昌路置改，屬陝西布政使司。治所在今甘肅隴西縣。

[5] 取：邀請；召喚。

[6] 第：只是。

[7] 切劘（mó）：切磋琢磨。

[8] 相孚：相合，彼此一致。

[9] 贍學：資助辦學。

[10] 切：同「竊」。猶言私下。表示個人意見的謙詞。

臨洮生員于鞏昌，莫若移鞏昌生員來學于臨洮。使職在任兼教，
則既得以訓生徒，又得以盡官職。終其前事，似爲兩便。瀆冒尊
嚴[11]，死罪死罪。嘉靖三十一年正月初六日。

---

[11] 瀆冒：輕慢，冒犯。

# 再上辭帖

職以卑賤之官，本不足以當師道之重，乃蒙憲牌[1]，誤取書院，教兩府生員。昨具帖辭，不敢直言，茲再蒙憲牌提取，不得不直陳其情。

切惟「召虞人以旌[2]，不至，將殺之。孔子取其非召不往[3]。「庶人召之役則役，召之往見則不見[4]。」先儒釋以為往役者，庶人之職。不往見者，士之禮。豈非以禮義所在，不可往且屈乎？夫古之虞人庶人，猶知守己之正，職官雖卑賤，其志肯甘虞庶下哉？本院如召之以有司之事，則固典史之職也，職敢不以分自處，乃拒上官之命？今召之以教訓生徒，則有師道存焉，職又安敢不以禮自守，乃淪於辱身枉道者之為？苟謂職卑賤無可取也，固宜踐踏之不足，不當付以師道之重。如謂庶幾可以充師任，則固賓師之責也[5]。未聞欲延師者[6]，乃治之以官府套數之常。

今之師道不立久矣，古之師道則可稽也[7]，或求諸市井，或求諸山林，或求諸草茅田野之間。故雖古之明王，必致敬盡禮，後之霸主，亦知卑禮厚幣。凡以師道尊嚴，不可挾勢位以屈之也。本院有志書院，是志欲行古道者，欲行古道乃不能脫勢位之套，而挾之憲牌提取，若僕隸然，一則曰「毋得遲緩」，二則曰「毋

---

[1] 憲牌：舊時官府的告示牌。為上級長官的命令。

[2] 切惟：猶竊惟。謂私下考慮。表示個人想法的謙詞。　虞人：守苑囿的小吏。　旌：飾羽毛的旗。

[3] 取：讚美。　非召：指不是應該接受的召喚標誌。古代君王有所召喚，必須有相應的信物為憑，召大夫用旌，召士用弓，召虞人用皮冠。因此用旌召喚虞人是不合禮儀的。

[4] 庶人：平民百姓。　役：服役。　按：這裏所引數語見於《孟子》，取其大意，不全是原文。

[5] 賓師：古指不居官職而受到君主尊重的人。

[6] 延師：聘請師尊。

[7] 稽：查考。

得遲緩」，是以典史召之也，夫既以典史召之，職敢不遵朝廷之
謫命，守典史之官職，而乃爲出位之往乎？且古之設書院者，專
以講明道理，今爲書院計，而挾勢位以延其師，則所謂書院者，
不過利祿之淵藪、功名之筌蹄耳。其于斯道何所補哉？故雖不爲
比亦可也。

　　職赴任以來，其處上官僚友不敢一毫僭越[8]，今乃若與本院
抗者，非敢固傲取罪，蓋位之所在，雖不敢踰，而道之所在，亦
不可苟[9]。如以牌而取，遵牌而往，不惟取知道之笑，其如師道
之不立何？是職之卑賤不足惜，而師道之不立則深可惜也。

　　嗚呼！書院，盛事也；延師，盛舉也。本院負其勢，欲其入
而閉之門，卑職守其道，寧喪溝壑而不顧，且恨此相遇之所以甚
殊，而盛事之所以難成也歟！謹將原禮呈納，伏乞稽諸理而恕其
狂[10]，矜其愚而不錄其罪[11]，不致縉紳之笑，無貽同年之羞。職
無任悚懼之至。嘉靖三十一年正月十六日。

---

8] 僭（jiàn）越：超出規定範圍。

9] 苟：苟且，隨便。

10] 稽：考核。

11] 矜：體諒。

# 獄中與超然書院諸生書[1]

書院諸友文會下[2]：昔承雅愛，隨具謝言，想已達矣。年來學業如何？幸勿蹉跎也。有懷不盡。外獄中作數十首附覽[3]。然予之志，亦見於此矣。繫獄友生楊繼盛載拜[4]。

---

[1] 超然書院：嘉靖三十年楊繼盛謫狄道，為傳儒學，捐建于城東超然臺，故名。

[2] 文會：指文人結合的團體。　下：書函稱呼敬語用字。

[3] 外：另外。

[4] 載：同「再」。

# 致應養虛書[1]

　　癸丑春正月[2]，楊子以狂直斥姦，受杖下獄，自分必死[3]。時當事者，有附勢樹威，懷殘伐異，巧於賊虐之意，並施螫毒之心。平昔把臂者，亦落井下石，倍加窘厄，獻諂權門，要功汗閈[4]。蓋自杖死醒後，臀肉盡脫，股筋斷落，膿血續湧，不亡如縷[5]。又日夜籠柙，身關三木[6]，痛不得撫，痺不得搔，晝不見日，夜不見星。藥餌斷絕，飲食沮抑。從古被逮之苦，未有如此之烈者。若使命不在天，則不獲永年久矣。

　　越三月，提牢有洲峰邱公者[7]，獨秉公義，改俚於小請室[8]。雖幸脫籠柙，然卑濕狹隘，汗穢幽暗。圜扉少開[9]，則臭風滿室，邪溷之氣[10]，填塞五內[11]。此固病之所由積也。至甲寅夏四月[12]，時獄疫大作，死屍枕藉，日與病者為伍，遂染病，幾不可藥救。當事者之殘毒又如初入獄然。吏卒輩皆以必死惜之，至有相與泣下者。迨五月，幸代之者，我養虛公也。乃檢醫藥，視飲食，察

---

1] 應養虛：應明德，字養虛。浙江海寧州人。嘉靖三十二年進士。授刑部主事。

2] 癸丑：嘉靖三十二年。

3] 自分：自料，自以為。

4] 汗閈（hàn）：污穢之門。

5] 不亡如縷：離死只差一絲氣息。

6] 三木：加在犯人頸、手、足上的三件刑具。

7] 邱公：邱秉文，字洲峰。福建莆田人。嘉靖二十三年進士。歷刑部提牢廳主事。後歸搆東樓藏書，以吟詠為樂。有《洲峰集》。

8] 俚：相次，隨後。司馬遷《報任少卿書》：「李陵既生降，隤其家聲，而僕又俚之蠶室……悲夫！悲夫！」　請室：請罪之室。即囚禁有罪官吏的牢獄。一說「請」通「清」，清洗罪過。

9] 圜扉：獄門。

10] 邪溷（hùn）：怪異污濁。

11] 五內：即心、肝、脾、肺、腎五臟。

12] 甲寅：嘉靖三十三年。

形脈，候寒熱，臨榻撫摩，有踰骨肉。存問旁午[13]，情愛懃懇。又脫之病室，遷於外庫，且維持保護，周悉備至。故楊子得有今日，皆養虛賜之耳。

夫舍己拯人，義莫重焉[14]；生死骨肉，恩莫大焉；締交於图奴之中，而援之切，情莫篤焉。士感知己，懷此罔極[15]，情發于言，莫知所措。且夫人能不以生死利害動其心[16]，而後可以幹天下之事。然必素有所養者，始能不以生死利害動其心。夫人見義孰無欲爲之志[17]，但養之不豫而見道未明者[18]，未免膠於生死利害之私。夫惟生死利害之私，相持於中，卒而好義之心不勝其趨利之心，而其避害之計有甚於畏名之計，則凡觸情任忒者何不用也[19]？養虛之憐我，實義氣之由衷。生死不能眩其志，利害不能易其謀。謂非養之素定而見道分明者，能如是乎？推此而於天下之事，凡有益於國家，有利於生民，有裨於綱常，有關於世道者，又何所不可爲也？則當今之人品端于養虛有望焉！

嗚呼！人情每好其同己，而惡其異己，故欲知己之人品者，當於好惡我者觀之。然因己所好所惡之人，亦可以自考其人品之何若。楊子不以生死利害動其心，爲天下除讒賊；養虛不以生死利害動其心，爲天下全善類。其相好之情固可以自信，而相同之心則貴相始終。繼自今養虛果終爲善人也，則其好我者當以之爲幸，不然可羞也已。楊子果終爲善人也，則養虛之好之者當以之

---

[13] 存問：問候，探望。　旁午：紛繁。
[14] 莫：代詞。表示「沒有什麼」。意謂「最」。
[15] 罔極：無窮盡。
[16] 且夫：再說。
[17] 孰：誰。
[18] 不豫：不事先有備。
[19] 忒：疑惑。

爲喜，不然可悔也已。是養虛必不貽楊子之羞[20]，然後爲施恩於有終；楊子必不貽養虛之悔，然後爲報世於無斁[21]。一時意氣之相與，實終身人品之攸關，可不慎乎？

　　噫！世之所以相知者，原起於不以生死利害動其心，則夫終之所以兩不相負者，亦惟執此不變而已。外具所爲文數首，如賜覽觀，亦足以知楊子不負此心也。

---

# 致鄭澹泉書[1]

　　舊辱愛侍教晚生楊繼盛[2]，頓首拜叩大台輔澹翁鄭夫子老先生大人門下[3]。盛以麤菲過辱教愛[4]，雖賤妻子亦感戴之不忘者，非僞非僞。前承手諭[5]，所謂「惟求此心，他日相逢，無相愧負」之言，即此一語，便寓無窮教誨。尊執事之愛人可謂惓惓無已矣[6]。盛雖麤鈍，敢不極力操持，以求無傷尊執事之明邪[7]！

　　盛在南都，前亦苦水土人情之異，及今則與之相安，覺獲益無窮焉。蓋盛性素麤直，大節別不敢踰，而節目委曲之間[8]，實欠檢點。南都尚清議[9]，動以小節繩人，一言動之差，即眾尤畢至[10]。麤直之性行將冀可變移。此其爲益一也。盛雖力學二十餘年，祇爲舉業所梏，學問之實用處則全未究也。南都則政務簡而爲學之時多，一向從苑翁講律呂易數等，學似少知其大義。加以六七年之功，則於學問或可少進矣。此其爲益二也。盛素汙和樂[11]，無人交遊，然性頗迂懶，不好爲非禮之恭、干請之事，且家近京師，禮遇之或疏，請託之不遂，未免得罪於鄉黨親識。南都則去家甚遠，無所捧繫，淺薄之謗，枉己之辱，或可免之。此

---

[1] 鄭澹泉：鄭曉。見《與少司寇吉陽何公書》注。

[2] 辱愛：承蒙愛護。辱，對別人施於自己的動作行爲的謙詞。　侍教：侍坐於側以候教誨。

[3] 大台輔：宰相、三公等最高級官員的尊稱。

[4] 麤菲：粗陋淺薄。多用為自謙之詞。　過辱：謙詞。猶言承蒙過訪。

[5] 手諭：用為對尊長親筆信的敬稱。

[6] 執事：對對方的敬稱。　惓惓：懇切貌。

[7] 邪（yé）：語氣助詞。表感歎。

[8] 節目：枝節。　委曲：遷就。

[9] 清議：對時政議論。

[10] 眾尤：眾多責備。

[11] 汙：指繁難艱苦的事。

其爲益三也。入官之初，獲此三益，足以爲終身受用。何幸如之，何幸如之！

　　邇來居官，立身罪咎，苦不自知，便中望不吝指教，萬幸萬幸！因使旋謹此少代候敬，匆匆難盡，惟台照萬萬[12]。外具拙作四首請教，惟賜改教，無任企仰之至。十月初三日盛生頓首，謹具。

---

[12] 台照：書函中稱人鑒察的敬詞。

# 致鄭澹泉書

別後，一路日食奏稿成[1]，日夜奔趨，至京師。十八日到任[2]。

日食次日賷本至端門[3]，聞拏內靈臺[4]，打一百，知題目不合，即趨出。連日怏怏。至十八日，故又有此奏二王事[5]，本後原有一段，大意謂賊臣之得專權，皆原于皇上父子之不相見。後俱削去，止存此二句，猶有此禍。打後，兩腿出血膿約四五十碗，內潰幾見骨。今幸將平復，逐日心亦坦然，略無懼愮意[6]。

南都之事，主張贊成，專望老先生，言不盡意，惟統鑒諒[7]。初會湖翁，有欲老先生還朝之意，並報。二月十一日頓首具。

> （癸丑三月五日，應天府當該林居龍從京師附此信至，得見椒山先生手書，始知天相正人無恙。喜甚喜甚。海上大笠生曉謹識。）

---

[1] 日食奏稿：指欲在下一年（嘉靖三十二年）元旦日食要上奏的《請誅賊臣疏》一稿。

[2] 十八日：此指嘉靖三十一年臘月十八日。

[3] 賷（jī）：送。

[4] 內靈臺：指內府天象觀測臺。明設掌印太監一人，僉書近侍、看時近侍無定員。掌觀星氣雲物，測候災祥，並會同欽天監管每年造曆之事。

[5] 二王：見《請誅賊臣疏》注。

[6] 懼愮（cǎo）：懼怕，憂愁。

[7] 鑒諒：亦作「鑒亮」。審察並原諒。

# 祭煤山文

## 係先生狄道遺筆原集未載今補刻

　　惟山有自然之利[1]，而人不知取，山靈其熱中久矣[2]。昔知取矣，未及於民而復塞，山靈其抱恨久矣。今特祭告復開，使山之利得以利夫民[3]，而遠邇之民得以享山之利。

　　而今而後，山靈其將以自慰耶？亦或復自祕耶[4]？而使利及於無窮，不止于一時已耶？固知山靈之心，必自慰而不自祕，使利及於無窮，而不止于一時已也！

---

[1] 惟：助詞。用於句首，即作發語詞。

[2] 山靈：山神。《文選・班固〈東都賦〉》：「山靈護野，屬御方神。」

[3] 夫：介詞。猶「於」。

[4] 自祕：深藏而秘不示人。

# 同鄉祭焦范溪父文[1]

　　嗚呼！唯公之德，二靈協粹[2]，三懿用彰[3]；渾金璞玉，秋月寒江。唯公之容，春柳秋霜，碧梧翠竹；巖巖其峯，琅琅其璞。唯公之行，高明卓茂，榘矱堅貞[4]；不流不激，可愛可親。唯公之學，書廚經府，鼠獄雞碑[5]；落筆風雨，擲地金石。唯公之榮，鸞封赫耀[6]，鳳誥輝煌[7]；彤雲豸護[8]，繡服天香。唯公之壽，遐踰七裘[9]，華胥夢殘[10]；雖不憖遺[11]，考終永延[12]。唯公之子，燕山毓秀，范水文宗[13]；朝陽鳴鳳，海內人龍。唯公之孫，瑤光瑜潤，蕙蔵蘭芳[14]；森森竹立，繩武有將[15]。

　　嗚呼！惟人有善，孰悉諸身；德容行學，功備則淳。惟天賜

---

[1]　焦范溪：待考。

[2]　二靈：指牽牛、織女二星。唐劉憲《七夕應制》詩：「秋吹過雙闕，星仙動二靈。」

[3]　三懿：晉陸雲《晉故散騎常侍陸府君誄》：「才雄九奧，德鍾三懿。」懿，美德。

[4]　榘矱（jǔyuē）：規矩法度。

[5]　鼠獄：《史記·酷吏列傳》：「（張湯父）出，湯為兒守舍，還而鼠盜肉，其父怒，笞湯。湯掘窟得盜鼠及餘肉，劾鼠掠治，傳爰書，訊鞫論報，並取鼠與肉，具獄磔堂下。其父見之，視其文辭如老獄吏，大驚，遂使書獄。」後因以指智力出眾的人。　雞碑：《晉書·戴逵傳》：「少博學，好談論，善屬文，能鼓琴，工書畫，其餘巧藝靡不畢綜。總角時，以雞卵汁溲白瓦屑作《鄭玄碑》，又為文而自鐫之，詞麗器妙，時人莫不驚歎。」後以「雞碑」為多才多藝之典。

[6]　鸞封：指朝廷的封賞。

[7]　鳳誥：指帝王的敕命。

[8]　豸（zhì）：獬豸，古代傳說中神獸。此指御史大夫官服上的圖形。

[9]　裘（zhì）：同「秩」，指十年。

[10]　華胥：《列子·黃帝》：「（黃帝）晝寢，而夢游于華胥氏之國……不知斯齊國幾千萬里。」後用以指理想的安樂和平之境。

[11]　憖（yìn）遺：願意留下。

[12]　考終：享盡天年。

[13]　范水：畿輔通志卷二十一：「范水在涿州西南，自淶水縣流入，合于巨馬河。」

[14]　蕙蔵（yù）：比喻美而有文采。

[15]　繩武：《詩經·大雅·下武》：「昭茲來許，繩其祖武。」後用來指繼承祖先業績。　將：長久。

福，萬有不齊；榮壽子孫，公介純禧[16]。萬事具足，久為公慶；一夢不回，忽為公痛。存隆其實，沒曜其聲；死而不忘，亦何足恫。

　　某等里閈雅誼[17]，休戚攸同；俱客江南，尤為關情。有淚如沱，有哀如傷；景行遺範，山高水長。敬陳薄奠，聊寫蕪詞；以闡幽德，以泄鄉私。幽明雖隔，精神則通；惟靈炯炯，鑒此愚衷。嗚呼哀哉尚饗！

---

[16] 介：特異。　禧：吉祥，幸福。

[17] 某等：我等，我們。　里閈（hàn）：里門，代指鄉里。

# 同鄉祭太孺人耿母毋氏文[1]

　　嗚呼痛哉，天道不齊，有如是哉！以太孺人之植德幽貞[2]，宜享年有永；以太孺人之相夫柔順，宜偕老百年；以太孺人之教子有成，又宜膺其誥封而享其報。茲固理之必然者也。乃壽止五旬有一，竟爾先逝，而不少待耶。天地間或然之數能幾何[3]，太孺人乃遽遭其變耶？仁者弗壽，良可恨焉；相夫罔終，良可悼焉；教子未封，良可痛焉。此太孺人之所以可哀也。

　　然人而有子是謂不死，子孫繩繩無窮，是即己壽之無窮也。況子而有敬庵在，孰謂太孺人之享年不有永耶？妻之于夫，在盡其相之之道而已。太孺人之治家教子俱有成績，則相夫之道盡，是雖五十有一，而百年事業固已畢矣。孰謂太孺人之相夫未偕老耶？我國家之推恩也[4]，不以亡而或間，則夫人之沾恩也，不待生而亦榮。太孺人之存，雖未有寵命之封，而太孺人之沒，將不日膺誥命之贈，又孰謂其教子之未享其報耶？是蓋或然之中，而自有必然者在，太孺人在天之靈獨不可以自慰也哉！

　　盛等里閈雅誼，休戚攸同，俱宦江南，尤其關情者。觀太孺人之可慰，雖共切夫景仰屬望之私；憫太孺人之可哀，實不勝其痛哭流涕之至。謹陳蔬奠[5]，聊表微忱。靈其有知，洋洋來鑒[6]。尚饗！

---

[1]　太孺人：命婦名號。明置，以封正、從七品官員之母。亦通用為婦人的尊稱。　耿母：姓毋，鄉人耿敬庵之母。餘未詳。

[2]　植德：立德。　幽貞：幽深堅貞。

[3]　或然：或許可能，有可能而不一定。

[4]　推恩：帝王對臣屬推廣封贈，以示恩典。

[5]　蔬奠：弔禮，祭品。

[6]　洋洋：憂思貌。

# 祭馬南川父文[1]

　　唯靈！性樸質茂，德懿行醇；摛光戢景[2]，抱璞含真。不學而通，不仕而崇；不術而壽，不疾而終。嗚呼！猗福籛壽[3]，桂子竹孫；萬事已足，不生而存。某繫圜土，舉世踽踽[4]；惟公憂惻，遣問旁午[5]。自公之死，孰爲知音；西望悵然，涕淚沾巾。

　　乃爲之歌曰：松雲慘慘兮悲風烈，薤露淅淅兮芳草歇[6]。寧山寂寂兮寒煙滅[7]，易水泠泠兮波聲咽[8]。郊原茫茫兮玄廬結，松楸蒼蒼兮若木折[9]。追悼哲人兮腸欲絕，何時生芻兮奠短碣[10]！

---

[1] 馬南川：未詳。

[2] 摛光：放射光芒。　戢景：匿跡。

[3] 猗福：猗頓富有的福氣。猗頓，戰國時大富商。後用為富戶的通稱。　籛（jiān）壽：彭祖一樣長久的壽命。籛，籛鏗，即彭祖。相傳堯封之于彭城，年七百六十七而不衰。

[4] 踽踽：獨行貌。

[5] 遣問：猶言傳語問候。　旁午：紛繁。

[6] 薤（xiè）露：薤草葉上的露水。亦為古代的挽歌名。

[7] 寧山：大寧山。在易州城西五十里。

[8] 易水：在河北省西部。即大清河上源支流。古《易水歌》曰「風蕭蕭兮易水寒」。

[9] 松楸：松樹與楸樹。墓地多植，因以代稱墳墓。　若木：古代神話中的樹名。

[10] 生芻：《後漢書‧徐穉傳》：「及（郭）林宗有母憂，穉往吊之，置生芻一束於廬前而去。」後因以稱弔祭的禮物。

# 祭商少峰文[1]

　　嗚呼！人臣策名於朝[2]，此身即為君之所有。而所以欲盡人臣之職者，則惟以致身為極幸。而在官鞠躬盡瘁沒于王事者，固所以盡其職，不幸而下獄窘辱困苦死於桎梏者[3]，亦所以盡其職也。今公雖死於獄，謂之非沒于王事不可，此身得致於君，則臣職已盡，人道已畢，謂之非沒寧不可，亦何恨耶？而一念憂國之心，固將凝結於衷而萬年不朽，則天地神人之所以共痛且惜者也。況某等患難相與，休戚相關，幸翁之存猶懸赤幟之望[4]，感翁之死益輕再生之身。其慟哭悲悼之情，當何如哉？謹陳薄奠，尚其來饗[5]！

---

[1] 商少峰：商大節（1489－1553），字孟堅，號少峰。安陸（今屬湖北）人。一說鍾祥人。嘉靖二年進士。累官右僉都御史。巡撫保定。俺答入寇，逼京師，大節率五城御史統民兵禦敵，寇退。擢右副都御史。經略京城內外。仇鸞惡其獨為一軍，不受節制，欲割地分守。大節力爭，忤帝意，因被逮，卒於獄。隆慶初追贈兵部尚書。諡端愍。

[2] 策名：《左傳‧僖公二十三年》：「策名委質，貳乃辟也。」孔穎達疏：「古之仕者於所臣之人書己名於策，以明繫屬之也。」後用以指因仕宦而獻身於朝廷之事。

[3] 桎梏（zhìgù）：囚禁。

[4] 赤幟：比喻榜樣，典範。

[5] 尚：副詞。表示希望。　饗：指饗禮，享受祭禮。

# 祭楊斛山文[1]

## 據正誼堂叢書本補

嗚呼！惟公之智足以灼事變[2]，惟公之勇足以犯雷霆，惟公之忠足以動人主，惟公之誠足以感鬼神，惟公之節足以歷窘辱困苦生死而不變，惟公之名足以同天地日月明且久而不朽。視彼奸諛隱密與禽獸草木同歸朽腐者，何啻天壤！則公之死也，亦何恨乎！

方公之北上也，我韓師翁嘗以大畜睽卦教之矣[3]。既而公用大畜，棄睽卦而不用。豈非忠貞剛直之氣積於中而不可忍，故于師訓有所不暇顧耶？始公在獄，人皆以為必死，迺賴聖明得以生還。及公歸家，人皆以為天必以壽考報，而公乃竟以憂國成疾死。豈非公之忠愛出於天性，故在囹圄如家居，在田野如朝宁耶[4]？

方師翁歸致與盛相別也[5]，亦嘗以教公者教之矣。既而亦違背師訓，棄睽卦不用以至於此。豈韓門之頑徒，迺國家之直臣耶？盛責宰相書內云[6]：「有一時之富貴，有萬世之事功，有目前之榮辱，有身後之褒貶，不惟以義言之，其輕重分明，雖以利言之，

---

[1] 楊斛山：楊爵（1493－1549），字伯珍，一字伯修，號斛山。明陝西富平人。韓邦奇弟子。嘉靖八年進士。授行人，擢御史。因上書極諫，忤帝，下詔獄。卒諡忠介。有《楊忠介集》、《周易辨說》等。

[2] 灼：灼見，洞察。

[3] 韓師翁：韓邦奇。見《壽大司馬苑洛韓公七十序》注[1]。　大畜：《易》卦名。乾下艮上。《易・大畜》：「大畜，利貞，不家食，吉。」孔穎達疏：「謂之大畜者，乾健上進，艮止在上，止而畜之，能畜止剛健，故曰大畜。」後因用為延攬賢士之典。　睽卦：下兌上離。《易》曰：「睽：小事吉。」象徵乖背違逆，小心處事可獲吉祥。

[4] 朝宁（zhù）：猶朝廷。宁，指宮室門屏之間。《禮記・曲禮下》：「天子當宁而立，諸公東面，諸侯西面，曰朝。」鄭玄注：「宁，門屏之間。」

[5] 歸致：歸田致仕。即退休。

[6] 責：要求，期望。

其輕重亦較然可懼。」盛常自以爲平生學問所得力者在此，豈公之所爲所見迺先得我心之同然耶！要亦同得師翁不負天子、不負所學之教而不敢妄也。

　　嗚呼！士有曠百世而相感者[7]，每欷歔而不可禁[8]。況與公同韓氏之門，又同此愚直之心。憂懷如海，孰爲知音？安得起公于九泉，連床數日，共吐肺肝乎！時人有稱韓門二楊者，顧淺陋何敢與公并稱。方公立朝，盛尙韋布[9]。及盛在位，公已云亡。蓋不得共從王事斬奸佞矣。公之完名高節[10]，已不負師翁之教，而盛尙留此僥倖不死之身，若宇宙贅疣。於公深有愧焉。仰天長呼，無可奈何，行將納此再生之身於朝廷，從公於九泉之下，共大笑大哭一場而已。惟公其相之[11]。

---

[7] 相感：相互感應。

[8] 欷歔：歎息聲。

[9] 韋布：韋帶布衣。古指未仕者或平民的寒素服裝。

[10] 完名：完美的名節。

[11] 相：導引。

# 祭易州楊五文[1]

　　嗚呼！論友于三代之上[2]，當取諸縉紳休采之列[3]；論友于三代之下，當求諸山林草澤農圃工賈之間。蓋君子小人之迭爲隱見，每隨時勢之盛衰。而正人君子之相與[4]，惟取其義氣孚固[5]。要不當必以區區之勢位拘也[6]。

　　自予登第，除南銓[7]，始識西泉于賀客中，然猶以爲特豁達磊落人耳。及予以諫阻馬市，被罰遠謫，雖骨肉至親，亦惡其後於家而拙于官，樂其死而幸其不歸也。西泉乃慰嘉禮送之意反殷于初，則其相與之情已出尋常萬萬。去年春，予以狂直排奸，被杖繫獄，其際誠危矣。平昔指天論心者，懼禍之及己，則遠絕之不暇。同時交遊者，疾名之勝己，則非毀之惟恐其不足。而素以義氣著聞、豪傑自負者，恨言之侵己，且售計投石，要功洩憤于權奸之門。其孰與我乎！西泉乃三視獄中，通問不絕，其彷徨拯恤之意又殷于初，雖齷齪庸瑣輩惕以重禍不恤也。則與人交遊之善，視世之以勢位相與者，其情之厚薄爲何如哉？

　　西泉之行誼在鄉曲，聞望在遐邇，固難以盡述。然即此一節，則其立心制行，當於三代以上人物中求之矣。視世之縉紳貴顯隨

---

[1] 易州：隋置，治今河北省易縣。因境內易水得名。明代為節制紫荊諸關重鎮。　楊五：號西泉。易州人。生平未見經傳。

[2] 三代：指夏、商、周。

[3] 縉紳：插笏於紳帶間，舊時官宦的裝束。亦借指士大夫。　休采：《尚書・酒誥》：「矧惟爾事，服休服采。」服休、服采，皆為作事之臣。鄭康成曰：「服休，燕息（遊宴休息）之近臣。服采，朝祭之近臣。」

[4] 相與：相處。

[5] 孚固：誠信牢固。

[6] 區區：局限。

[7] 除：授職。　南銓：指南京官署的官職。

時異情者，其人之賢不肖爲何如哉？

　　二月初，載攜乃郎懇懃視問[8]，握手交語，傾倒肺肝。相別無幾，訃音頓至。噫！不棄我於患難如西泉者幾人？而又奪之，俾孤我於患難之中。嗚呼痛哉！

　　西泉之正人君子，使見用於世，必能糾合善類，不相背負，可以同心共道，克濟時艱。縱厄於無位，使假之以年[9]，必能表勵鄉邑，寬鄙敦薄[10]，其挽時俗而躋之三代之上可幾也。乃竟突然而逝，老天何戕善人之酷如是耶[11]？

　　世之生理已絕，宜速死而倖免何限，乃濫及正人君子如西泉者，老天何福善禍淫之不公如是耶！毋乃西泉命嗇[12]，適遭或然之數爾耶[13]，抑西泉古直不善媚天爾耶？凡此數者，皆不可曉。狂直粗性，甚爲不平。恨欲飛步太虛，親問老天，死果錯謬，乞使生還。更舉宜速死而倖免者代之，庶可爲作善作惡者勸且警也。嗚呼哀哉，尚饗！

---

[8] 懇懃：懇切。
[9] 假：給予。
[10] 寬鄙敦薄：指寬慰地位低下者，厚待命運不濟者。
[11] 戕（qiāng）：殘害。
[12] 毋乃：莫非。　嗇（sè）：猶少。
[13] 或然：不可預料。

# 楊椒山集校注　卷三

## 壽韓苑翁師尊兼申候私十六韻[1]

佳氣氤氳擁井疆，秦分晚樹覆晴煙[2]。

共占耆壽開昌運，知有幽人臥澗泉[3]。

唱第五雲勳業舊，乞歸四疏海隅傳[4]。

江湖廊廟均憂樂，台閣山林俱斡旋[5]。

匡策未收封事淚，閉門應著圖書篇[6]。

蒼生尚繫稚圭望，白髮時疑商洛仙[7]。

今古誰能闡禮樂，迂踈欲共棲丘園[8]。

夢思每度霸橋月，頌祝疑趨鳩杖筵[9]。

人倚西樓山斗迥，星臨南極曙光懸[10]。

---

[1] 韓苑翁：韓邦奇。見卷二《壽大司馬苑洛韓公七十序》注[1]。　候：問候。　私：私誠，私敬。　按：此詩只見於三賢集本。題下原注：見公裔孫茂才崇正所藏扇頭。

[2] 井疆：鄉井，居處。　秦：指韓苑翁的故鄉秦地陝西。

[3] 耆壽：高壽。　昌運：興隆的國運。　幽人：指幽居之士。

[4] 唱第：科舉考試後宣唱及第進士的名次。　五雲：五色瑞雲。多作吉祥徵兆。　四疏：指韓四次上疏請求退休。

[5] 江湖：指民間。　廊廟：指朝廷。　台閣：指中央政府機構尚書臺。　山林：指隱居。　斡旋：周旋。

[6] 匡策：匡正之策。

[7] 稚圭：韓琦，字稚圭，號贛叟。宋相州安陽人。仁宗天聖五年進士。與范仲淹曾久在兵間，世稱韓范。後為一代名相。封魏國公，卒諡忠獻。有《安陽集》。此借指韓苑翁。　商洛：商縣和上洛縣，漢初「四皓」隱居之地。

[8] 迂踈：迂遠疏闊，不切實際。此為自謙。楊曾從韓攻律呂之學。　丘園：家園。亦指隱逸。

[9] 霸橋：即灞橋。在今陝西省西安市城區東十公里灞水上。始建於漢。代指韓翁故鄉。　鳩杖：典出《太平御覽》卷九二一引漢應劭《風俗通》。《新唐書·玄宗紀》：「丁酉，宴京師侍老於元殿庭，賜九十以上几杖，八十以上鳩杖。」

[10] 山斗：泰山北斗。敬稱。比喻為世欽仰。

何時蕙馘連三圃，指日蘭芳散八埏[11]。

□□□□□□□，□□□□藥丹還[12]。

長生不獨乾坤久，平格能延造化權[13]。

霞氣遠觴稱白下，泰華秋色落樽前[14]。

春風桃李慚時雨，霜夜梧桐泣杜鵑[15]。

寂寂有懷同涇水，煢煢遐跡但江天[16]。

遙歌樂只迎多福，毗我皇家億萬年[17]。

---

[11] 蕙馘：蕙草的文采。喻門生弟子。　蘭芳：蘭花的芳香。喻道德學問。　八埏：八方遙遠之地。

[12] □：缺字。此處原空十一字。

[13] 平格：公正至善。　造化：創造化育。亦指福份幸運。

[14] 觴：酒杯。　白下：南京的別稱。　泰華：泰山華山並稱。

[15] 「春風」二語：喻門生的兩種情懷。

[16] 涇水：渭河支流，在陝西省中部。　煢煢：孤零貌。　遐跡：前賢的蹤跡。

[17] 樂只：和美；快樂。只，語助詞。　毗：優厚。

# 節母貞女詩　并序

節母，楊侍御匪石夫人祖母。貞女，其祖姑也[1]。

　　世之論者，皆以天下國家之責，屬諸君子之身[2]，婦女若無所與焉者[3]。及觀斯傳，然後知責之在君子者，雖婦女亦足以盡之。故張母之不忍忘其夫而守節終身，張女之不忍棄其嫂而相從不嫁以至於死。凡以各盡其心焉耳。然而邦之風化、世之氣運、時之禎祥恒必因之，則其所係也不亦大乎？謂之無與於天下國家不可也[4]。夫姑感嫂節，而貞志以決，嫂為姑貞，而節之守也益固。相觀而善，夫固如此。苟事君者能如母之不忘其夫，則天下皆忠臣矣。與人者能如姑之不棄其嫂，則天下皆義士矣。忠臣義士遍于天下，太和將在宇宙間矣[5]。則其所係也不為尤大乎！此又係於觀感者何如耳？誠願與君子共勉焉。噫，世之號為大丈夫者，顧豈可自喪其志自虧其節，反婦女之不若也乎哉？謹成小律，聊以表厥行，而樹之風聲[6]，若夫書之以詔後世[7]，則有太史公在[8]。

　　　　母為姑存身未死，姑因嫂節老空樓。

---

[1] 楊侍御：疑應指楊時周。韓邦奇《苑洛集》卷十有詩《節婦義女為楊侍御題》，其弟韓邦靖《韓五泉詩》卷三有《寄楊侍御師文年兄》，知此楊侍御應指楊時周，字師文，號北村。北直故城（今河北故城縣）人。正德三年與韓邦奇、韓邦靖同舉進士。官監察御史。

[2] 君子：指才德出眾的人。

[3] 與：在其中。

[4] 無與：無用。

[5] 太和：謂太平。

[6] 風聲：好的風氣。

[7] 詔：告知。

[8] 太史公：多指《史記》作者司馬遷。

萱階花泣百年淚，漆室人含萬古愁[9]。

寂寂風侵機杼冷，陰陰月暗鏡臺秋。

從來多少冠裳客，曾似沂陽婦女否[10]？

---

[9] 萱階：指萱堂，古稱母親或母親居處。　漆室：春秋魯邑名。魯穆公時，君老太子幼，國事甚危。漆室有少女深以為憂，倚柱悲吟而嘯。見漢劉向《列女傳・漆室女》。

[10] 冠裳：官宦士紳。　沂陽：沂州，治今山東臨沂東南。州城東臨沂水。

# 送劉蘇涯鄉兄考績北上[1]

春樹蒼蒼春浦晴，紅亭黯黯送霓旌[2]。
留連鳥語憐人別，荏苒楊花共酒傾[3]。
桃塢雨餘香氣合，錦江潮盡浪痕明。
煙浮曉巘巑岏碧，霞逐征帆縹緲輕[4]。
牛渚曲通瀛海澤，緱峰迴倚秣陵城[5]。
月高鷗在鏡中宿，溪漲檣疑天際行。
牛野分星驚太史，燕雲如幕覆神京[6]。
楓宸報政恩波潤，椿座稱觴彩袖輕[7]。
知己漸隨流水遠，離愁端與削山平。
論交每惜松顏落，折柳應悲雁序更[8]。
旅病偏因歸客劇，夢思秖為故鄉生。
送君惟有東風淚，點點沾巾無限情。

---

[1] 劉蘇涯：劉顯道，字子行，號蘇涯。河北南皮人。天性嚴毅，才猷練達。嘉靖四年舉人。授吏部司務，歷升晉王長史。六年致仕。後以覃恩進附中憲大夫。　考績：考核官吏的政績。

[2] 春浦：春日的水濱。亦指春江。　霓旌：綴有五色羽毛的旗幟。

[3] 荏苒：柔弱。

[4] 巘（yǎn）：峰巒。　巑岏：山高銳貌。

[5] 牛渚：牛渚山，在今安徽省馬鞍山市西南長江邊。北部突入江中，名采石磯，亦稱牛渚磯。這裏是溝通大江南北的重要津渡。為晉溫嶠燃犀、袁宏高詠以及傳說唐李白捉月溺水處。　緱峰：緱山，古稱緱氏山。在今河南省偃師。相傳古仙人王子喬七月七日乘白鶴駐此山。　秣陵：古地名。一在南京。一在河南項城。

[6] 牛野：指牛宿對應之地。牛，星名。北方玄武七宿的第二宿，有星六顆。　分星：指與地上分野相對應的星次。此句詠京都已近。

[7] 楓宸：宮殿。漢代宮庭多植楓樹。宸，北辰所居，指帝王的殿庭。　椿座：喻指父親。

[8] 松顏：喻指壯年容顏。　折柳：指送別。　雁序：雁群排列有序。喻兄弟。

## 送萬楓潭少參山東[1]

二月江南氣尚寒，石頭城外水漫漫[2]。

雲連削壁千屏合，日映離觴兩鑒看[3]。

近渚晴花香細細，傍人風柳絮團團。

聖朝此際求賢切，補牘還思舊諫官[4]。

[1] 萬楓潭：萬虞愷（1505－1588），字懋卿，號楓潭。江西南昌人。嘉靖二十年進士。任南京兵科給事中。核武職冗員、黜冒襲及越資邊授者百二十人。劾罷南京戶部尚書閔楷。出為山東參議。歷右副都御史。總督漕儲。所至政績卓著。終刑部右侍郎。　少參：明代於各布政使下置參政、參議，時稱參政為大參，參議為少參。

[2] 石頭城：古城名。三國時孫權所築。故址在今江蘇省南京市清涼山。故亦代指南京。

[3] 壁：山壁。　離觴：離杯。代指離別時的酒宴。　鑒：鏡。

[4] 補牘：宋趙普薦賢，太祖不用，碎其牘，普仍綴補破牘復奏，太祖省悟，卒用其人。事見《宋史‧趙普傳》。後用為忠貞事君的典故。牘，原為寫字用的木板。此指奏章。　諫官：掌規諫諷諭諸官的統稱。

# 挽任侍御乃尊[1]二首　　四川巴縣人

巴國指南思定祖，九真遺澤長孫留[2]。

琴臺蘚合乾坤老，篆水煙橫天地秋[3]。

寂寂寒雲覆隴樹，淒淒疏雨暗江樓[4]。

欲知身後流芳遠，今日龍池有豸頭[5]。

生蒭廬外悲風鳴，一曲哀吟萬古情[6]。

五友亭閑山樹暗，三槐堂寂月華明[7]。

---

[1] 任侍御：任惟鈞，四川巴縣人。嘉靖二十六年進士。性行峻茂，治績清嚴。令澄縣，繼知上蔡。並有聲。遷御史。嗣擢山東參政。剛正自持，不趨權勢。頗為楊椒山引重。見乾隆年間修《巴縣誌》。侍御，監察御史的別稱。　乃尊：稱人之父。

[2] 巴國：巴子國。商、周國名。相傳源出武落鍾離山（今湖北長陽西北）。其首領率族沿長江西邊，勢力擴大，周武王克殷，封爵為子，稱巴子國。周昭公時，都江州（今重慶市）。　指南：指導者。　九真：指九真太守任延，字長孫。東漢南陽宛人。年十二學於太學，明《詩》、《易》、《春秋》，號為「任聖童」。年十九為會稽都尉。建武中拜九真太守，教民耕種嫁娶。於是穀稼豐衍，人知種族姓氏。始興嶺南華風。此詠任氏先祖。

[3] 琴臺：臺名。在四川成都浣花溪畔，相傳為漢司馬相如彈琴之所。唐岑參《司馬相如琴臺》詩：「相如琴臺古，人去臺亦空。」　篆水：在四川廣安州東北五里，江中灘石縱橫，湍流奔急，俗呼三十六灘。至此石磧平坦，波紋如篆，故名。又傳吳伯通投以枇糠，篆成「石谷」二字，故名。

[4] 隴樹：墓地的樹木。

[5] 鳳池：指中書省。　豸頭：借指御史。豸，傳說中的神獸。古代法官衣服上有豸頭圖形。

[6] 生蒭：《後漢書・徐穉傳》：「及林宗有母憂，穉往弔之，置生蒭一束於廬前而去。」後因以稱弔祭的禮物。悲，一作朔。

[7] 五友亭：在四川南充縣南。宋游炳菴云：「明月清風為道友，古典今文為義友，孤雲野鶴為自在友，怪石流水為娛樂友，山果橡栗為相保友。是五友者，無須史不在此間也。」　三槐堂：指高官第宅。

巴人淚落嘉陵水，澄野歌連上蔡城[8]。

海內知公身不死，南臺伯雨振家聲[9]。

---

[8] 澄野：澄縣原野。　上蔡：今河南省上蔡縣。此詠任侍御政績。按：三賢集本夾注：「公先澄縣尹，後為上蔡尹，故云。」

[9] 南臺：御史臺。　伯雨：任伯雨，字德翁。宋眉州眉山人。登進士第。官左正言，居諫省半歲，凡上一百零八疏。後徙為度支員外郎，知虢州。父孜，字遵聖。以學問氣節推重鄉里名與蘇洵埒，仕至光祿寺丞。與弟伋並知名，時稱大任、小任。（見《宋史》卷三百四十五列傳一百四）此代詠任侍御。

# 題焦山絕頂[1]

　　容城楊子椒山訪唐子荊川到此[2]，因山名與己號音相同也，遂書而題之。時嘉靖壬子冬日。

　　楊子有心涉揚子，椒山無意合焦山[3]。
　　地靈人傑天然巧，彷彿神遊太古間[4]。

---

[1] 焦山：在今江蘇省鎮江市東北長江中。傳東漢末焦光隱居於此得名。此標題與小序取自隆慶本，三賢集本標題為《題焦山》，題下有小字「壬子約會唐荊川到此」。其他各本題為《揚子江望焦山・題金山寺壁》，並無小序。

[2] 唐荊川：唐順之（1507－1560），字應德，號荊川。常州府武進人。嘉靖八年會試第一。曾以郎中視師浙江，屢破倭寇，因功升右僉都御史、鳳陽巡撫。力疾渡焦山，至通州卒。學問廣博，通曉天文、數學、兵法、樂律等。有《荊川先生文集》。

[3] 有心：隆慶本、三賢集本為「懷人」。　揚子：隆慶本、三賢集本為「洋子」。

[4] 太古：遠古，上古。

# 送史沱村考績[1] 三首

十月征車辭建業，三山霜葉照離杯[2]。

晴煙千里孤城暮，寒雁三聲萬壑哀。

水國暮雲連渭樹，郎官前宿近中台[3]。

阿戎詩禮趨庭後，為道雷門指日開[4]。

一上離亭幾度愁，十年塵夢歎沉浮。

悠悠月笛山城夕，漠漠寒雲江樹秋。

作客南來俱萬里，送君北去獨孤舟。

他鄉正有思歸興，況復征旌出石頭[5]。

---

[1] 史沱村：史褒善，字文直，號沱村。明開州（轄境相當今河南濮陽、清豐、長垣等市縣及山東莘縣南部地）人。嘉靖十一年進士。官御史，巡按湖廣，有平麻陽盜功。以論守陵宦官驕橫忤旨，謫判滁州，起南吏部郎，與楊繼盛同署，共以國事相砥勉。倭寇猖獗，攝操江都御史，請建瓜州城，條奏江防六事，切中機宜。後以大理寺卿致仕歸。

[2] 建業：三國吳孫權都城，治所在今江蘇省南京市清涼山。後改名建康。此代指南京。　三山：在今南京市江寧區西南，三峰並列，下臨大江。

[3] 暮雲渭樹：杜甫〈春日憶李白〉：「渭北春天樹，江東日暮雲。」　宿：古代官道上設立的住宿站。　中台：即尚書省。

[4] 阿戎：對他人之子的婉稱。　趨庭：《論語・季氏》：「（孔子）嘗獨立，鯉趨而過庭。曰：『學詩乎？』對曰：『未也。』『不學詩，無以言。』鯉退而學詩。他日，又獨立，鯉趨而過庭。曰：『學禮乎？』對曰：『未也。』『不學禮，無以立。』鯉退而學禮。」鯉，孔子之子伯魚。後因以「趨庭」謂子承父教。　雷門：《漢書・王尊傳》：「（王尊）致詔父，謁見王（漢宣帝之子東平王劉宇），太傅在前說《相鼠》之詩。尊曰：『毋持布鼓過雷門！』」顏師古注曰：「雷門，會稽城門也，有大鼓，越擊此鼓，聲聞洛陽。」　按：隆慶本、三賢集本夾註：「乃郎嘗從講舉子業，故云。」

[5] 石頭：石頭城。代指南京。

官閣不傳遷轉報，紅亭厭詠送君詩[6]。

昔乘驄老人猶識，舊泣珠還今始知[7]。

征雁迴隨雲樹沒，德星暗逐使旌移[8]。

彤庭久惜南遷客，共聽絲綸出鳳池[9]。

---

[6]　遷轉：謂官員升級。　　紅亭：猶長亭。路途中行人休憩、送別之處。

[7]　泣珠：晉張華《博物志》卷九：「南海外有鮫人，水居如魚……從水出，寓人家，積日賣綃。將去，從主人索一器，泣而成珠滿盤，以與主人。」後用為受恩施報之典實。此亦指別淚。

[8]　德星：指景星、歲星等。古傳國有道有福，則德星現。

[9]　彤庭：漢皇宮以朱色漆中庭，稱彤庭。後泛指皇宮。　　絲綸：《禮記・緇衣》：「王言如絲，其出如綸。」後因以稱帝王詔書。　　鳳池：鳳凰池，指掌重權的中書省或宰相。

# 送大宗伯兩洲王公考績[1]二首

## 代韓苑翁大司馬作

台斗光芒臨紫極，東風行色動江干[2]。
春歸吳苑晴花合，天入燕雲曉旆寒[3]。
禮樂百年開萬國，星辰八座肅千官。
彤庭舊識尚書履，天下蒼生屬謝安[4]。

風送老鶯啼禁樹，春隨紅旆過江干[5]。
文昌夜度三台近，玉劍晴浮五月寒[6]。
一代雲龍虛鼎席，百年禮樂屬春官[7]。
相逢若問留臺客，爲道歸思鬢已殘[8]。

---

[1] 大宗伯：周官名，春官之長，掌邦國祭祀、典禮等事。明亦用以稱禮部尚書。　兩洲王公：王學夔。見《題兩洲王老先生誥命咨引》注。　考績：考核官吏的政績。

[2] 台斗：台閣，北斗。總指最高官署或官員。　紫極：星名。借指帝王的宮殿。　江干：江岸。

[3] 吳苑：三國吳主的宮殿林苑。代指南京林苑。　燕雲：北國燕山雲霞。　旆（pèi）：泛指旌旗。

[4] 彤庭：指皇宮。　謝安：字安石。東晉梁國陽夏（今河南太康）人。北方高門，後南渡。官中書監、錄尚書事。受命為征討大都督，于淝水大敗秦苻堅兵。以功進拜太保。此借指王兩洲。

[5] 禁樹：禁苑中的樹木。

[6] 文昌：俗稱文曲星，傳說主文運。　三台：《晉書·天文志上》：「三台六星，兩兩而居，起文昌，列抵微。一曰天柱，三公之位也。在人曰三公，在天曰三台，主開德宣符也。西近文昌二星曰上台，為司命，主壽。次二星曰中台，為司中，主宗室。東二星曰下台，為司祿，主兵，所以昭德塞違也。」

[7] 鼎席：指宰相之位。　春官：禮部的別稱。

[8] 臺：此指南京御史臺。　按：隆慶本、三賢集本，此首題為《又代苑翁大司馬送王公》。

# 壽太常汪春谷母七十[1]

南極星臨衡岳動，北堂萱映瀟湘明[2]。
漢宮瑤軸封仙檢，塗水梅花照楚城[3]。
海日蟠桃開壽域，天風青鳥下蓬瀛[4]。
金陵江夏隔千里，西望白雲無限情[5]。

---

[1] 太常：官名，掌禮樂、祭祀，亦兼掌教育、考核等事，後職位尊而閒。　汪春谷：汪宗元（1503
－1570），字子允，號春谷。明湖廣崇陽（今屬湖北）人。嘉靖八年進士。授行人，歷南京
太僕寺卿、南京太常寺卿、右副都御史、總理河道。不為嚴嵩所喜，謫為福建參政。有《南
京太常寺志》、《春谷集》。

[2] 南極星：即南極老人星。舊時以為此星主壽，故常用于祝壽時稱頌主人。　衡岳：即南岳衡
山，位於湖南中部，有七十二峰。　北堂：指母親的居室。《詩·衛風·伯兮》：「焉得諼
（萱）草，言樹之背。」毛傳：「背，北堂也。」　瀟湘：瀟水與湘江。湖南名水。

[3] 瑤軸：對詩卷的美稱。唐杜荀鶴《讀友人詩卷》詩：「冰齒味瑤軸，祇應神鬼知。」　仙檢：
仙人的書函。　塗水：即今湖北省武漢市與咸寧市境內長江支流咸河，北至金口入江，亦名
金水。

[4] 青鳥：神話傳說中為西王母取食傳信的神鳥。　蓬瀛：蓬萊和瀛洲。神山名，相傳為仙人所
居之處。

[5] 金陵：古邑名。後為南京的別稱。　江夏：縣名。治所即今湖北武漢市武昌。

# 登泰山極頂

志欲小天下，特來登泰山[1]。
仰觀絕頂上，猶見白雲還。

　　予讀孟子書，以為天下惟泰山為高也。今陟其頂而觀之，則知所謂高者，特高於地耳，而山之上，其高固無窮也。

[1]「志欲」二句：《孟子·盡心上》：「孟子曰：『孔子登東山而小魯，登泰山而小天下⋯⋯』

## 送狄道訓導李南峯掌教清水[1]

七載青氈多士服，九重紫詔五雲開[2]。
熙城桃李含春雨，渭水魚龍驚夜雷[3]。
悵望德星辭壁野，相思明月照秦臺[4]。
弦歌漫奏別離調，衰柳西風無限哀。

[1] 訓導：學官名。明地方儒學學官。各府、州、縣學均設。秩從八品。　李南峰：生平未詳。
掌教：主管教授。明稱府、縣教官及書院主講為掌教。　清水：縣名，明屬鞏昌府，在今甘
肅省東南部，屬天水市。

[2] 青氈：青色毛毯。指清寒貧困。　多士：眾多賢士。　紫詔：皇帝詔書。因用紫泥秘封，故
稱。　五雲：瑞雲。借指帝王所在地。

[3] 熙城：指狄道縣城。此地為宋熙州故治。　渭水：即渭河。源出甘肅，東經陝西，流入黃河。
魚龍：以魚龍變化喻指士子科第仕進。

[4] 德星：喻指賢士。　秦臺：指秦時所築樓臺。

## 同門生五十人游臥龍山寺[1]

出門已覺精神爽，況復陽回宇宙清。
野樹含煙迷寺迴，晴山披雪倚雲明[2]。

---

[1] 門生：指親授業的學生。　臥龍山：在今甘肅臨洮縣西北三十里，山形蜿蜒如臥龍，上有雲
漱。

[2] 迷：遮掩。　迴：遠。

# 題贈王家瑞[1]

羨君堪作王家瑞，愧我徒爲食祿臣[2]。

不是未酬憂國恨，願披蓑笠結東鄰[3]。

---

[1] 王家瑞：山東日照磴山附近上元村一個普通店家。約爲楊繼盛第二次上疏前由南京北上時路過此地，與店主王家瑞結下友誼。此詩見於日照磴山許瀚所書詩碑。標題筆者代加。

[2] 「羨君」句：羨慕友人的高尚品質，名實相符，正可作爲王家祥瑞的象徵。　食祿：享受俸祿。

[3] 蓑笠：草編的衣服、竹編的帽子。農家或貧士的裝束。

# 風送榆錢入戶[1]

三月不知春色暮，重門深鎖貫城寒[2]。
東風錯認王侯院，誤送飛錢落枕單[3]。

---

[1] 榆錢：榆莢。因其形似小銅錢，故稱。
[2] 貫城：原為刑部的別稱。因貫索星主刑獄，故名。亦用為指牢獄。
[3] 王侯：指王爵與侯爵，亦泛指顯貴者。

# 聞築外城[1]　二首

萬里河山俱帝業，如何謀計只神京。
備邊自是千年計，塞外誰人築五城[2]？

病急須從標上治，如何緩處用工夫[3]。
庸醫費盡篋中藥，待得良醫藥有無？

───────────

1 外城：指嘉靖三十二年開始修築的北京外城。
1 五城：指北京城內的中城、東城、南城、西城、北城。
1 標上：指始端，根本，根源。

## 和商中丞獄中生瓜[1] 二首

天意昭殊節，犴庭產異瓜[2]。
可憐成落寞，徒自吐英華。
疎蔓牽瑤草，幽香雜瑞花。
蒼生懸望切，何事思煙霞[3]。

久獄半爲家，真同故里瓜。
行藏俱夢幻，闃寂亦繁華[4]
天遺東陵種，雲封西域花[5]。
機心久已息，即此是煙霞[6]。

---

[1] 商中丞：商大節。見〈祭商少峰文〉注。　中丞：御史中丞的省稱。明副都御史與御史中丞
　　地位相當，亦有此稱。　生瓜：產瓜。

[2] 犴（àn）庭：牢獄。

[3] 煙霞：指山水、山林。

[4] 行藏：指出處、行止。　闃（qù）寂：沉寂。

[5] 東陵種：漢廣陵人邵平為秦東陵侯，秦破，為布衣，種瓜青門外，瓜美。時人謂之東陵瓜
　　此喻獄中生瓜。　西域花：西瓜原產西域，故云。

[6] 機心：機巧功利之心。

## 和商中丞朱葵[1] 三首

寂寂朱葵著意栽，相投情景自徘徊。
每因擎露含珠泣，恐誤傾陽帶曉開。
疎影風移搖夜月，晴煙雲擁覆西臺[2]。
幽香暗度重華殿，時有遊蜂送雨來[3]。

得意葵花斬草栽，暫時相對且徘徊。
百年殊色因誰瘦，萬古丹心向日開。
不共羣花發上苑，卻憐異種出燕臺[4]。
老天似惜傾誠苦，欲借夭桃雨露來[5]。

檢點紅芳荷雨栽，平分清景共徘徊。
醉傾晴日翩翻舞，笑領天風次第開[6]。
吟席珠璣超翰苑，德星芒彩動天臺[7]。
西山不減東山興，佳事還隨花事來[8]。

---

1 朱葵：一種紅色葵花。俗號一丈紅。蘇轍〈閒窗〉詩：「綠竹琅玕色，紅葵旌節花。」
2 西臺：刑部的別稱。
3 重華殿：明宮殿之一。在南城中路。
4 上苑：皇家園林。　燕臺：指冀北一帶。
5 夭桃：《詩經・周南・桃夭》：「桃之夭夭，灼灼其華。」
6 翩翻（piānfān）：同翩翩。上下飛動貌。
7 天臺：指尚書臺、省。亦稱帝王所居。
8 西山：《文選・李密〈陳情事表〉》：「但以劉日薄西山，氣息奄奄。」此喻指獄中處境。
　東山：《孟子・盡心上》：「孔子登東山而小魯。」此喻指志向。

# 夏午睡胡敬所年兄因見教作此和謝[1] 三首

逐日課程惟有睡，百年勳業本無心。
聖君賜我安閒地，好做羲皇世上人[2]。

一息若存還報主，萬年不死是吾心。
於今秖合昏昏睡，笑殺當時勳業人。

疎懶百年還舊癖，功名此日負初心。
本來面目頻頻照，恐落寰中第二人[3]。

---

[1] 胡敬所：胡朝臣，字敬所，號汝鄰。浙江紹興人。嘉靖二十六年進士。好古力學，博通典籍
　　與同年楊椒山最稱善。初任工部主事，遷通政司右參議。因忤嚴嵩，被誣論罪繫獄。嵩敗
　　始釋。卒贈工部右侍郎，賜諡端肅。（見《紹興縣誌資料第一輯》）

[2] 羲皇：指伏羲氏。古人想像羲皇之世其民皆恬靜閒適，故隱逸之士自稱羲皇上人。此處用為
　　反語。

[3] 寰中：宇內，天下。

# 賀獄吏孫東渠母壽[1] 并序

　　予以狂瞽被責下獄[2]，幾死者屢，賴東渠子左右保護於其間，其不屈權奸，扶持善類，迥出尋常萬萬矣。乃堂家書來[3]，又諭東渠加意於予，中間辭語有名公大人所不能道。予感其子之德，而嘉其母之賢也。仲秋十二日，適其母初度[4]，因作拙律以贈之，觀者尚其諒予之心乎！

> 南極星輝萊嶼動，北堂萱映海天明[5]。
> 百年花老秋風冷，千里雲孤暮樹平。
> 赤圃生煙迥紫氣，青鸞傳詔下黃城[6]。
> 題詩增我斑裳恨，幾遍停思無限情[7]。

---

[1] 孫東渠：孫儒。見〈望雲思親圖引〉注。

[2] 狂瞽（gǔ）：愚妄無知。多用作自謙之辭。

[3] 乃堂：他的母親。

[4] 初度：始生之年。亦指生日。

[5] 南極星：傳說中的老人星、壽星。　萊嶼：山東省黃縣東南有萊子城，即古萊國舊址。蓬萊亦在黃縣東。味萊廬本、知服齋本作「萊彩」。此取隆慶本、四庫本。　北堂萱：代指母親。

[6] 青鸞：即青鳥。借指傳送信息的使者。　黃城：此指黃縣城。

[7] 斑裳：謂身穿彩衣，作嬰兒戲耍以娛父母。《北堂書鈔》卷一二九引《孝子傳》言老萊子年七十，父母尚在，因常服斑衣，為嬰兒戲以娛父母。

## 送宋司獄致仕[1] 名秀山東寧海州人

共說山中好甲子，百年林下見高人[2]。
醒初幻枕俱爲夢，歸去此身方屬君。
昏夜法星辭帝座，秋風行色動乾坤[3]。
西臺多少含冤者，一聽離歌淚滿巾[4]。

---

[1] 宋司獄：姓名一作「宋繡」。（見清同治三年、牟平書院藏版《寧海州志》）。生平如上
　　餘未詳。司獄，管理監獄的官長，從九品。　致仕：因年老或衰病辭去官職。
[2] 甲子：指歲月、光陰。　林下：指山林田野退隱之處。
[3] 法星：星名。此喻指掌刑法的官吏。
[4] 西臺：此爲刑部的別稱。

# 獄中紅苔[1]

寒柝淒淒哀怨絕，陰雲黯黯鬱愁結[2]。

西風滿地苔痕紅，盡是渭囚冤淚血[3]。

---

[1] 苔：屬隱花植物類，多青綠色。生於陰濕處。也名地衣。

[2] 寒柝（tuò）：寒夜打更的木梆聲。

[3] 渭囚：泛指無辜的囚犯。渭，指渭水流過的陝西中部一帶，多個朝代建都之地。

# 朝審途中口吟[1]

風吹枷鎖滿城香，簇簇爭看員外郎。

豈願同聲稱義士，可憐長板見親王。

聖明厚德如天地，廷尉稱平過漢唐[2]。

性癖從來歸視死，此身原自不隨楊。

---

[1] 朝審：《明史・刑法志二》：「天順三年令每歲霜降後，三法司同公、侯、伯會審重囚，謂
之朝審。」

[2] 廷尉：明稱為大理寺卿。掌刑獄的高官。　稱平：稱頌升平。

# 讀易有感[1]

眼底浮雲片片飛，吉凶消長只幾希[2]。

自從會得羲皇易，始覺前時大半非[3]。

---

[1] 易：指《周易》。

[2] 幾希：相差甚微。

[3] 羲皇：伏羲氏。傳說中上古三皇之一。《易》始於羲皇。

## 九日崑峯賜飲擬和劉靜修先生《九日九飲》歌韻體[1] 九首

一飲初歌第一歌，乾坤萬物屬中和[2]。
醉鄉能發天然樂，況復幽人情興多[3]。

二飲停杯歌二歌，西風短髮任婆娑[4]。
四時佳興俱堪賞，誰道當秋百感多。

三飲幽人發浩歌，百年風月屬予多。
此身不是乾坤蒂，留我蒼天欲若何[5]？

四飲須聽第四歌，傍人休笑醉顏酡[6]。
曾經雪浪翻天湧，風落杯中漫起波。

五飲起來鼓缶歌，萬年宇宙一紅螺[7]。
閒中看破盈虛殼，聚散浮沉總太和[8]。

六飲將酣豪興多，仰天長嘯奈吾何？

---

[1] 崑峰：未詳。　劉靜修：劉因，字夢吉，號靜修，又號雷溪。元容城溝市村人。至元十五年以學行薦於朝，擢右贊善大夫。以母疾辭歸。有《靜修集》、《四書集義精要》。

[2] 中和：《禮記·中庸》：「喜怒哀樂之未發謂之中，發而皆中節謂之和。中也者，天下之大本也；和也者，天下之達道也。致中和，天地位焉，萬物育焉。」

[3] 幽人：幽居之人。此指因人。

[4] 短髮：隆慶本為「短鬢」。　婆娑：蓬鬆，散亂。

[5] 蒂：花或瓜果與枝莖相連的部分。此喻天地之間不大而必要的部分。

[6] 酡：指臉紅。

[7] 缶：瓦質的打擊樂器。　紅螺：此指酒杯。

[8] 太和：太平。

片雲忽暗樓頭月，只欲淩虛一拂摩。

七飲相關樂趣多，風吹萬籟盡笙歌。
區區懷抱俱春意，笑爾高秋奈我何？

八飲還驚飲量過，疎狂成癖竟如何？
縱然痛飲珍珠酒，卻恐酕醄語更多[9]。

九飲渾忘披翠蓑，聖明恩厚復如何？
釀成四海合歡酒，欲共蒼生同醉歌。

---

[9] 珍珠酒：一種名貴酒，溶有珍珠成分。　「卻恐」句：四庫本作「為卻愁懷愁轉多」。　隆慶本、李本、味菜廬本、知服齋本為「卻恐醉來語更多」。此取胡本。以育珠蚌開口喻大醉後語多。　酕醄（máotáo）：大醉貌。

# 題殘菊

萬樹紅芳帶露殘，獨憐黃菊對霜看。

東君不與花爲主，一任西風落砌寒[1]。

---

[1] 東君：司春之神。

## 見　山 四首 　為人題號

雲穿石榻丹書濕，亭枕泉崖白晝閒[1]。
樽酒相看渾不厭，知君原自見真山[2]。

萬里風煙何日盡，百年宇宙幾人閒。
春來應有桃千樹，休認天台作故山[3]。

市朝自有武陵趣，一息無心一息閒[4]。
得意不須登華嶽，樽前卷石亦青山[5]。

雲煙收盡酒卮間，風靜一簾明月閒[6]。
不解紅塵尋遠壑，漫將詩思傍青山。

[1] 石榻：石床。　丹書：泛指煉丹之書，道教經書。

[2] 原自：四庫本、味菜廬本、知服齋本為「原是」。此取隆慶本、李本、胡本。

[3] 天台：天台山位於浙江省中東部。《幽明錄》記載，漢明帝時，剡縣劉晨、阮肇入天台山采藥，迷不得返，采桃為食，與仙女結緣。留半年求歸，子孫已過七世。

[4] 市朝：市集和朝廷。此指鬧市。　武陵：以陶淵明所說武陵桃源，代指隱居之處。

[5] 華嶽：即華山。　卷（quán）石：如拳大之石。卷，通拳。

[6] 卮（zhī）：同「卮」。古代盛酒器。

# 小　雪

破窗不奈西風冷，況復蕭條一敝裘[1]。
疎雪飄殘憂國淚，寒更敲碎貫城愁[2]。
悲歌勞擾慚燕士，坐臥渾忘是楚囚[3]。
四海尋家何處是，此身死外更無求。

---

[1] 敝裘：破舊的皮衣。

[2] 貫城：指牢獄。

[3] 勞擾：勞苦煩擾。　燕士：河北省北部為戰國時代燕國，歷來多慷慨悲歌之士。　楚囚：《左傳·成公九年》：「晉侯觀於軍府，見鍾儀。問之曰：『南冠而縶者，誰也？』有司對曰：『鄭人所獻楚囚也。』」本指被俘的楚國人。後借指處境窘迫者，亦泛指獄囚。

# 賞功喜作

踏碎塞城誰問罪，深居台閣亦加封[1]。
聖明恩闊同天地，不論無功論有功[2]。

---

[1] 塞城：邊塞要地之城。　台閣：原指尚書臺。後指中央官署。亦指亭臺樓閣。
[2] 論：四庫等本為「與」。此取隆慶本、李本。

# 雪　晴

疎狂忘卻一身憂，思入蒼生始解愁[1]。

萬事無成憐我拙，百年有恨倩誰收？

每思北闕開宣室，羞對西風泣楚囚[2]。

且喜陰雲薄欲散，依稀遙見鳳凰樓[3]。

---

[1] 疎狂：亦作「踈狂」、「疏狂」。豪放，不受拘束。

[2] 北闕：古代宮殿北面的門樓。是臣子等候朝見或上書奏事之處。此為朝廷的別稱。　宣室：原為漢未央宮前正室，後借指帝王所居宮室。嘉靖帝自宮女事變後多年不見朝臣，政事委于權臣嚴嵩。　楚囚：見前〈小雪〉注。

[3] 鳳凰樓：指皇宮內樓閣。

# 夜感月有懷

鎖合西臺煙霧浮，孤燈相對夜悠悠[1]。

寒欺草榻涼如洗，風捲星河動欲流。

報主獨憐成孟浪，論交誰復憶同遊[2]。

相知舊月情如許，猶自偷穿入氣樓[3]。

---

[1] 西臺：刑部的別稱。

[2] 孟浪：指虛無縹渺的事。　同遊：同伴。

[3] 氣樓：指監獄房頂側旁通氣小窗突起的部分。

# 寒夜和敬所韻[1]

乾坤一草閣，宇宙半胸襟。

宿雨千年淚，明霞萬古心[2]。

疎燈暗客夢，佳興帶愁吟。

肌骨渾如鐵，寒威任爾侵[3]！

---

[1] 敬所：胡朝臣。見《夏午睡胡敬所年兄因見教作此和謝》注。

[2] 宿雨：夜雨。

[3] 爾：你。

# 觀新曆

鳳曆初看小雪時，百年甲子只須臾[1]。

回頭往事渾如夢，識破塵寰半局棋[2]。

---

[1] 鳳曆：傳說鳳知天時，遠古少昊時以鳳鳥名曆正之官，故後世謂曆書曰鳳曆。　甲子：歲月，
　　光陰。　須臾：片刻，短時間。
[2] 塵寰：人世間。

# 大風中鳳洲年兄賜顧言及先寄詩扇未到[1]

陰陰朔氣滿皇州，烈烈悲風暗鳳樓[2]。

吹合凍雲寒欲雪，蹴低霜幹鳥應愁。

百年執法歸廷尉，四海何人憐楚囚[3]。

聞說右軍曾遠寄，蒲葵珠玉莫空投[4]。

---

[1] 鳳洲：王世貞（1526－1590），字元美，自號鳳洲。明太倉（今屬江蘇）人。嘉靖二十六年進士。歷官刑部主事、員外郎、郎中、兵備副使。楊繼盛下獄，時進湯藥。楊妻訟夫冤，為代草。既死，為之發喪。嵩大恨，吏部兩擬提學皆不用。隆慶初復得薦用，又與張居正不合罷官歸。後起為應天府尹、南京兵部右侍郎、南京刑部尚書。好古詩文，為「後七子」時文壇盟主。有《弇州山人四部稿》、《弇山堂別集》等。　年兄：同榜登科者稱為同年，互稱年兄。　賜顧：稱人到來的敬辭。　按：隆慶本與三賢集等本全詩為：「陰陰朔氣滿皇州烈烈悲風暗鳳樓。吹合凍雲低欲暮，俄添寒雨更生愁。豈緣結襪知廷尉，莫以鳴琴問楚囚。聞說右軍曾遠寄，無因珠玉好誰投。」大約為初稿，可與此對照。

[2] 朔氣：北方的寒氣。　皇州：帝都。　鳳樓：宮殿樓閣。

[3] 廷尉：指掌刑獄的大理寺卿。

[4] 右軍：晉王羲之曾任右軍將軍，後稱羲之為「右軍」。此借稱王世貞。　蒲葵：指蒲葵葉做的扇子。

# 送張觀海分教偃城十韻[1] 并跋

相知每恨未相識，聞說遠遊情更親。
曉日初分溫室樹，文風先度偃城闉[2]。
稀微殘月明霜劍，密冪孤煙逐晚塵[3]。
野鳥迴隨征旆沒，客袍猶帶曙光新[4]。
東觀海氣沖晴漢，南望嵩雲接紫宸[5]。
避俗秖應求吏隱，此行原不爲家貧[6]。
河陽桃李蓓蕾合，洛渚魚龍變化均[7]。
氈榻謾勞悲冷局，清朝亦自重儒臣[8]。
心旌搖落懸雙淚，守拙支離愧一身[9]。
君愛寒官儂愛死，古來天地幾癡人！

夫人有終日相處，志或落落難合[10]，終身不相識，亦有意氣相孚若素交然者[11]，蓋趨向之同與不同故耳。觀海張子，予雖未知其為何如人，然自予下獄，素相與者，或遠避以示其疎，詆排以忌其狂，間有下石肆毒以取悅邀功

[1] 張觀海：生平如詩及序中所寫。餘未詳。　偃城：在今湖北襄陽縣北。據此詩中所詠地理環境疑此偃城指的是河南偃師縣。
[2] 溫室：漢殿名。喻指明代宮殿。　闉（yīn）：指城門。
[3] 密冪（mì）：濃密貌。
[4] 征旆（pèi）：官吏遠行所持的旗幟。
[5] 嵩：指嵩山。在河南省登封縣北，為五嶽之中嶽。　紫宸：泛指宮廷。
[6] 吏隱：指雖居官而猶如隱者，不以利祿縈心。
[7] 河陽：古邑名。春秋晉邑。在今河南省孟州市西。　洛渚：代指洛水流域。洛水為黃河中游南岸支流，在河南省西部。流經盧氏、洛寧、宜陽、偃師、鞏義等縣。
[8] 氈榻：指清寒貧困的生活。
[9] 心旌：心如懸旌，喻不寧靜的心神。　守拙：安於愚拙，不求名利。　支離：流離飄泊。
[10] 落落：形容孤高自守，難以相合。
[11] 相孚：猶相符。　素交：舊交。

于權奸之門者。觀海乃通問不絕，奔走不逮，主張於公議群聚談論之間，雖時俗羣惕以重禍不恤也[12]。視素交者為何如哉？今之任偃城訓導，予感其相知之深，而悲其相違之遠也，遂為詩以贈之。噫！天不以科第與豪傑，俾得行其志，乃濫及予等闒茸者流[13]，不使正人君子相與以共濟王事，固隔絕阻抑之，俾離其群而索其居，良可悲矣。然相知以心而不以迹，各盡其心，以求自靖[14]，雖終身不相見可也。否則此言之贈，秪貽泛交之譏[15]。今日相知之義，將不為他日相見之羞乎！言至於此，又不覺其發狂矣。

---

[12]　不恤：不顧惜。

[13]　闒茸（tàróng）：庸碌低劣。

[14]　自靖：各自謀行其志。

[15]　泛交：浮泛不實的交往。

# 劉司獄考滿索詩口占以贈之[1]

報最歸來寵命新，問君何以答楓宸[2]。

閒中檢點案頭簿，三載平反多少人[3]！

---

[1] 劉司獄：劉時守。參見《劉司獄承恩圖引》一文。　考滿：指官吏的考績期限已滿。　口占：謂作詩文不起草稿，隨口吟成。

[2] 報最：指考察官吏後把政績優異者列名報告朝廷，予以升遷。　楓宸：指帝王殿庭。

[3] 檢點：檢查清點。

# 至日早醒偶成[1]

夢裏忽聞長樂鐘，自驚誤卻上新封[2]。
覺來月照西窗白，寂寂柝聲雜曉舂[3]。

---

[1] 至日：此指冬至。二十四節氣之一。這一天北半球白天最短，夜間最長。
[2] 長樂：西漢高帝時宮殿名。此泛指宮殿。　新封：指新奏章。
[3] 柝（tuò）聲：巡夜人報更的木梆聲。　舂（chōng）：搗去穀物皮殼。

# 族兄東城親家鶴峯獄中賜顧同宿二夜感作[1]

寒燈高照影參差，樽酒長吟慰夢思。

十載交遊仍倚玉，百年骨肉更相知[2]。

追談雲雨如前日，品第親朋異昔時[3]。

明月不嫌草榻冷，徘徊照我去遲遲。

---

[1] 東城：楊繼盛族兄。餘未詳。　鶴峯：李九皋，字鶴峯。與楊繼盛幼年同窗。後為兒女親家。曾任河南內鄉縣訓導，陞新鄭縣教諭。

[2] 倚玉：南朝宋劉義慶《世說新語‧容止》：「魏明帝使後弟毛曾與夏侯玄共坐，時人謂『蒹葭倚玉樹』。」此借用為自謙高攀或親附賢者。

[3] 雲雨：喻指分離。

# 因冷感興

風滿孤城淚滿巾，高寒偏傍薄衣人。
晴煙亦逐陰雲冷，詩思應隨白髮新。
歸去此身方屬我，愁來何事最傷神？
邊陲戎馬中原盜，惆悵羞稱自靖臣[1]！

---

[1] 中原：地區名。廣義指整個黃河流域，狹義指今河南一帶。　自靖：指謀行其志。

# 哀商中丞少峰和徐龍灣韻[1] 四首

憂時分外閫，何事囚西臺[2]？

君爲河山死，誰悲梁木摧？

法星仍近月，此日獨憐才[3]。

魂魄心猶壯，奸諛骨已灰。

中外欲交驩，書生虛將壇[4]。

可憐當日獄，乃爾借星冠[5]。

白晝燕山暮，紅雲渭水寒[6]。

他年麟閣上，遺像許誰看[7]？

---

1] 商中丞：商大節。見《祭商少峰文》注。　徐龍灣：徐中行（1517－1578），字子與，號
青蘿、龍灣、天目山人。明浙江長興人。嘉靖二十九年進士。授刑部主事，官至江西布政使。
與李攀龍、王世貞等稱「後七子」。有《青蘿館詩》、《天目先生集》。所和徐詩見四庫全
書存目叢書集部第一二一冊《天目先生集》638頁。

2] 分：分任、分派。　外閫（kǔn）：郭門之外。借指京城以外的武將或文官。　西臺：刑部
的別稱。此指刑部監獄。

3] 法星：星名。侍天帝座旁，掌法刑。喻司直之官。亦指熒惑星。因隱現不定，令人迷惑，
故名。

4] 交驩：交歡。

5] 星冠：道士的帽子。

6] 燕山：指今河北省玉田縣西北一帶燕山。　渭水：即渭河。在陝西省中部。黃河最大支流。

7] 麟閣：麒麟閣的省稱。漢代閣名。在未央宮中。漢宣帝時曾圖霍光等十一功臣像于閣上，
以表揚其功績。後來多用為表示卓越功勳和最高榮譽。

燕囚羞對泣，梁獄共蕭騷[8]。

功業半塵土，秋風一羽毛。

雲連寇老竹，星暗呂虔刀[9]。

遙憶瀟湘水，悠悠咽楚濠[10]。

吁嗟成永隔，生死事相關。

氣節雲霄上，勳名宇宙間。

孤魂憂國淚，萬古鎖愁顏。

胡運將衰絕，燕然未許攀[11]。

---

[8] 梁獄：漢鄒陽受誣陷繫獄，自獄中上書梁孝王辯白，終獲釋。事見《史記‧魯仲連鄒陽列傳》。後因以「梁獄」代指冤獄。

[9] 寇老竹：宋王得臣撰《麈史》卷三：寇萊公貶死雷州，詔還洛陽，過荊之公安，民迎祭哭插竹標紙錢，竹盡活成林。邦人神之，號相公竹。寇萊公，即寇準。人稱寇老。　呂虔刀三國魏呂虔所佩之刀。《晉書‧王覽傳》：「初，呂虔有佩刀，工相之，以為必登三公，可服此刀。虔謂（王）祥曰：『苟非其人，刀或為害。卿有公輔之量，故以相與。』」

[10] 瀟湘：指湘江。　楚濠：古楚國護城河。引以屈原悲吟為喻。隆慶本、李本為「楚豪」。此取四庫本、味菜盧本。

[11] 胡運：四庫本等或作「寇運」，或空一字。此取隆慶本、李本。　燕然：原為北方古山名，即今蒙古境內的杭愛山。東漢車騎將軍竇憲領兵出塞，大破北匈奴，登燕然山，刻石勒功而還。後泛指邊塞。詩文中常引用，以敘建立邊功。

# 微雪有感

都城夜半初飛雪，臺省應多祥瑞詩[1]。
眼底餓夫寒欲死，來年總稔濟誰饑[2]？

---

[1] 臺省：尚書臺、中書省。代表皇帝發佈政令的中樞機關。　祥瑞詩：此指借雪吟詠吉祥徵兆、
歌功頌德之詩。

[2] 稔（rěn）：莊稼成熟。

# 五歲兒入視遣歸不去同宿數夜有感

良知好向孩提看，天下無如父子親[1]。
我有乾坤大父母，孝情不似爾情真[2]！

---

[1] 良知：儒家謂人類先天具有的道德意識。　孩提：兒童。《孟子》：「孩提之童，無不知愛
其親者。」
[2] 乾坤：唐李鼎祚《周易集解》卷十六集虞翻的話說：「孔子曰『父母之道天地』。乾為父，
坤為母。」

# 小兒索余畫騎馬官因索詩隨吟父子問答口號[1]

我已因官累，爾何又愛官？

街前騎馬者，轟烈萬人看。

---

[1] 口號：古體詩標題用語。表示隨口吟成。

## 懷鶴峰東城因寄[1] 二首

屋梁落月應懷我，春草池塘更夢誰[2]。
記得別時懸淚眼，佯爲笑語怕相思。

久惜離群恨見遲，誰知相見倍相思。
從今憶弟休憐弟，又恐別時勝此時。

---

[1] 鶴峰：李鶴峰。見〈族兄東城親家鶴峰獄中賜顧同宿二夜感作〉注。　東城：楊繼盛族兄
[2] 「屋梁」句：唐杜甫〈夢李白〉詩：「落月滿屋梁，猶疑照顏色。」　「春草」句：晉謝靈
運〈登池上樓〉忽夢族弟謝惠連，即詠：「池塘生春草，園柳變鳴琴。」

# 聞有送贈與中官方士而起用者因遣祈雪秪風不應[1] 二首

再入天台雲浦開，金丹一粒脫凡胎[2]。
逼人嵐氣浮眉宇，聞自神仙洞裏來。

風捲寒雲落照斜，郊原無日不飛沙。
可憐萬里瓊瑤雪，化作銀杯散宦家。

中官：即宦官。因給事禁中，故名。　方士：指陰陽家觀測星相的方術之士。
天台：浙江、陝西各有天台山。為道教名山。亦可指尚書台、省。此似指後者。　雲浦：雲
水。　金丹：方士煉金石為丹藥，認為服之可以成仙。

# 元　旦[1]

老天留我報君身，惆悵蹉跎又是春[2]。
幾度丹心連血嘔，數莖白髮帶愁新。
回思往事真堪笑，自幸更生似有神。
璞在不妨仍泣獻，踟躕無計達楓宸[3]。

---

[1] 元旦：明以舊曆春節為元旦。

[2] 又是春：四庫本等作「又一春」。此取隆慶本、李本。

[3] 璞：美玉。春秋時楚人卞和得寶玉，先後獻給楚厲王、武王，都被認為欺詐，被截去雙腳
　　到楚文王即位，和抱玉璞哭于荊山下，楚王使人剖璞加工，果得寶玉。事見《韓非子・和氏》
　　後以「獻玉」為向君主或朝廷獻才智。　楓宸：指帝王宮廷。

# 元旦獄中自製素紙燈籠獄卒以無文彩索詩賦此[1] 二首

風蹴水晶碎，綵聯珠翠浮[2]。
何如皎皎月，是我大燈毬。

有月何須燭，無雲不怕風。
借誰竿百尺，光照九天中。

---

[1] 素紙：白紙。

[2] 水晶：無色透明的結晶石英。 珠翠：珍珠和翡翠。此句與上句喻指豪門的華貴燈籠。

# 和鳳洲王年兄詩韻[1]

未酬拚死恨，虛負再生身。
和淚原非假，詒書太任真[2]。
寒收燕谷夕，煙鎖漢宮春[3]。
擾擾欲投石，君何相問頻[4]！

---

[1] 鳳洲：王世貞。見〈大風中鳳洲年兄賜顧言及先寄詩扇未到〉注。

[2] 詒書：寄傳書信。隆慶本、李本、胡本、四庫本為「誼書」。　太：一作「大」。

[3] 燕谷：燕山山谷。　漢宮：以漢宮代指明宮。

[4] 投石：「投井下石」的省稱。比喻乘人之危加以陷害。

# 立春和平山韻[1]

殘雪禁春亦不遲，晴煙送暖入簾幃[2]。

香飛別院梅初發，影過新痕日漸移。

風捲寒雲山曝畫，晴歸庭樹鳥吟詩。

年來疏懶澀佳句，欲報瓊瑤愧項斯[3]。

---

1] 平山：未詳。後有〈陳平山鵲噪詩以此答之〉。

2] 禁春：消受春光。

3] 瓊瑤：指精美詩篇。　項斯：字子遷。唐詩人。其詩清妙奇絕，以詩卷謁楊敬之，敬之贈詩
云：「平生不解藏人善，到處逢人說項斯。」詩名聞於長安。

## 送徐龍灣審錄江南[1]

寥落雲司庭半虛，有功此去更何如[2]。
西臺月下幽人榻，南國星隨使者車[3]。
寒雁不堪雲暝夕，秋風況是葉飛初[4]。
秣陵若遇相知問，爲道疎狂病未除[5]。

---

[1] 徐龍灣：徐中行。見〈哀商中丞少峰和徐龍灣韻〉注。　審錄：審錄復核囚人案件，參詳罪名。

[2] 雲司：指朝廷掌握刑法的官。

[3] 西臺：刑部的別稱。此句前四字只隆慶本作「西曹月滿」。　使者車：亦名星車、星軺。使者所乘的車。

[4] 「寒雁」句：隆慶本為「塞雁不堪行又斷」。

[5] 秣陵：古地名。在南京江寧區。後人常代指南京。此句隆慶本為「秣陵故舊如相問」。

## 送李東明審錄北直隸[1]

悵望霓旌拂曙暉，嗟君此去故人稀[2]。
南山判草更誰易，北極恩光伴爾歸[3]。
晚樹喜承新雨露，春風醉舞舊斑衣[4]。
漢廷此日須元禮，早促仙舟赴帝闈[5]。

---

[1] 李東明：李春芳，字實夫，號東明。福建同安人。嘉靖二十九年進士。刑部主事。居官清苦，執法不阿。著《白鶴山存稿》。　北直隸：明時稱直屬於京師的地區為直隸，以順天等八府二州和萬全等都司為北直隸。相當今北京、天津兩市，河北省大部和河南省、山東省部分地區。

[2] 霓旌：綴有五色羽毛的旗幟，為古代帝王儀仗之一。

[3] 南山判草：《新唐書·李元紘傳》：「元紘大署判後曰：『南山可移，判不可搖也。』」　北極：星名。喻帝王。

[4] 斑衣：漢代虎賁騎士著的虎紋單衣。《史記·司馬相如列傳》：「被豳文，跨野馬。」裴駰集解引晉郭璞曰：「著斑衣」。司馬貞索隱引文穎曰：「著斑文之衣。《輿服志》云『虎賁騎被虎文單衣』，單衣即此斑文也。」

[5] 元禮：元禮楷模。後漢李膺字元禮，其人為天下楷模。見《後漢書·黨錮傳序》。　仙舟：舟船的美稱。　帝闈：帝王宮室。

## 苦　冷 三首

凍日摧寒色，狂風送冷塵。
慢愁衣服薄，眼底是陽春。

形雲迷白晝，涼落暗風塵[1]。
宇宙誰知己，圜城別有春[2]。

寂寂門常掩，素衣無緇塵[3]。
誰吹鄒子律，寒谷欲回春[4]。

---

[1] 形雲：下雪前密佈的濃雲。　　涼落：衰落。此指草木衰落。
[2] 圜城：監獄。
[3] 緇塵：黑色灰塵。常喻世俗污垢。
[4] 鄒子律：指戰國齊人鄒衍吹律之事。《列子‧湯問》「鄒衍之吹律」。晉張湛注：「北方
　　有地，美而寒，不生五穀。鄒子吹律暖之，而禾黍滋也。」律，舊指用竹管或金屬管製成的
　　定音器，可吹奏十二音律。亦用以測候季節變化。

# 有　感

短鬢娑婆烏布巾，分明天地一狂人[1]。
憂時淚應笙歌落，報主心希宇宙新[2]。
夷虜共傳知有我，孤危不死豈無神[3]！
寥寥勳業將蓬鬢，虛負當年獻納臣[4]。

---

[1] 短鬢娑婆：知服齋本為「短髮婆娑」。此取隆慶本、四庫本等。
[2] 笙歌：吹笙唱歌。指不合時宜的歌功頌德。　心希：隆慶本作「狂希」。
[3] 夷虜：四庫本作「寇賊」。知服齋本作「邊徼」。胡本、味菜廬本空二字。此取隆慶本。
[4] 獻納臣：指獻納忠言之臣。

## 和趙兵馬海壑韻[1]

殘魂零落又經年，盡日淒然掩淚眠。

啼鳥似憐人寂寂，空樓獨對月娟娟。

死生浪寄乾坤外，勳業虛思泰嶽巔[2]。

還草萬言書欲上，踟躕何處是堯天[3]？

[1] 趙兵馬：趙完璧，字全卿，號雲壑，晚號海壑。山東膠州人。由歲貢生官至肇昌府通判。其獄中與楊繼盛倡和諸詩，有「辛苦不妨淹日月，授書喜有漢良臣」等句。兵馬，指兵馬司副指揮，專司京城詰緝逃盜、稽查奸宄等事。趙完璧曾任此職。

[2] 泰嶽：泰山。五嶽之首。亦作「太嶽」。

[3] 堯天：《論語・泰伯》：「巍巍乎，唯天為大，唯堯則之。」謂堯能法天而行教化。後因以「堯天」稱頌帝王盛德和太平盛世。

## 題郭劍泉歲寒松柏卷[1] 并跋

君去霜臺無御史，君來秋省有刑官[2]。
百年節操惟松柏，休負當時舊歲寒。

　　松柏雖歲寒不凋，然色視春夏則少異矣。及至春夏欣
然蒼翠若與桃李爭芬芳者，視歲寒時又異焉。不知歲寒之
色為本色耶，春夏之色為本色耶，則松柏固隨時異矣。然
則吾人之操當出乎松柏之上可也。劍泉山立之操故常變合
一，松柏惡足以擬之耶？

---

[1] 郭劍泉：蘇州人，遷於無錫。嘉靖年間進士。授中書舍人，拜御史。大司農請益三吳賦，劍泉上疏爭之，被貶為永安令。同時代人盧柟《蠛蠓集》卷四有〈送郭侍御劍泉謫永安松柏圖〉詩。

[2] 霜臺：御史臺的別稱。御史職司彈劾，為風霜之任，故稱。　　秋省：指天子于秋季田獵而祭神。按語意應指秋官，相當刑部。

# 送張對溪之任廬州[1]

我期玄素回天力，何事赤符此日行[2]。

幾度爲親焚諫草，百僚忌爾著時名[3]。

鶯啼晴樹秦煙暮，旌拂廬雲曙色明[4]。

若遇超然同志問，爲言終不負平生[5]。

---

[1] 張對溪：應為「張兌溪」。曾因上疏營救楊繼盛，遠調廬州任知府。見〈集張節婦冊葉詩文序〉注[8]。　廬州：隋開皇初始置。治合肥縣（今安徽合肥市）。

[2] 玄素：黑與白。指兩種有根本差別的事物及其變異。　赤符：泛指帝王符命。

[3] 諫草：諫書的草稿。　百僚：百官。

[4] 秦：指今陝西。張為臨洮府狄道人。　廬：到達的地點廬州。

[5] 超然：此指狄道超然書院。

# 次梅軒韻[1]

有以夾竹桃花饋予者，梅軒詩贈，隨吟謝之。

一點丹心一點忠，竹花難入萬花叢。
年來不見青松友，獨喜晴梅相映紅[2]。

---

[1] 次韻：依次用所和詩中的韻作詩。也稱步韻。　梅軒：見〈跋冀梅軒留朱子語略後〉一文及注。

[2] 晴梅：喻指冀梅軒。見〈跋冀梅軒留朱子語略後〉注[1]。

## 陳平山鵲噪詩以此答之[1]

惡事先傳應早避，喜來不報亦何傷。
平生最愛鴉聲好，野鵲毋勞噪夕陽[2]。

## 又

　　屢示災變，塞口不言，少見祥瑞，上表爭賀，鵲之類也。有愧老鴉多矣！

好音惟恐隔深樹，一聽惡聲共彈羅[3]。
啼鳥亦知隨世變，鴉鳴何少鵲何多！

---

[1] 陳平山：未詳。
[2] 「平生」句：古人認為鴉聲報憂，鵲聲報喜。此處反其意。
[3] 彈羅：彈擊和網羅。

## 因前作諭鴉鵲[1] 二首

宇宙到頭俱夢幻，生人何必歎雲泥[2]。
疎狂見慣榮枯事，鴉鵲從今俱慢啼。

可厭老鴉常折翅，依人喜鵲亦空啼。
長安公子多飛彈，且向雲山深樹棲[3]。

---

[1] 諭：告曉、告知。

[2] 生人：人生或眾人。　雲泥：雲在天，泥在地。比喻兩物相去甚遠，差異很大。

[3] 長安公子：指貴族豪門子弟。

# 東　岡　又代作

臨漳才子長安客，厭見漳水東流不復回[1]，
最愛城東崒嵂山岡起，寂寂空谷絕塵埃[2]。
翠藹林巒非一狀，懸崖削壁列屏障[3]。
奔騰萬馬下天空，俯懷萬寶息雲帳。
鬱蒼竹樹半晴陰，古洞薜蘿相背向[4]。
危峰曉掛扶桑雲，礀壑松風日夕聞[5]。
冥冥雲封群嶼暗，細細泉流百道分。
晴月映蘚壁，岩花醉夕曛。
上有千歲不消之冰雪，下有煙霞萬頃之氤氳。
君生鍾此岡之秀，
下應嶽神，上應玄宿[6]。
陟頂雄觀宇宙間，目隘八極如區囿[7]。
君不見西周岡上鳳凰鳴，至今千載流芳聲[8]。

---

[1] 臨漳：縣名。故城在今河北臨漳縣西南舊縣村。明避漳水患移治理王店，屬河南彰德府。臨漳才子，待考。疑為李蓁，字仲西。河南臨漳（今屬河北省）人。嘉靖十四年進士。官戶部侍郎、武選司通參。因曾抗疏彈劾嚴嵩子世蕃，為其黨所排，歸耕吟詠，結廬洹上。卒時七十。（《河南通志‧人物》有傳）。　長安：此為都城的通稱。指北京。　漳水：在河北、河南兩省邊境。有清漳河、濁漳河兩源，匯合後稱漳河。歷史上常氾濫成災。
[2] 崒嵂（zúlǜ）：高峻貌。
[3] 翠藹：清翠茂盛。
[4] 薜（bì）蘿：薜荔和女蘿。兩者皆野生植物，常攀緣于山野林木或屋壁之上。
[5] 扶桑：神話中的樹名。　礀壑：山溝。
[6] 嶽神：山神。　玄宿：天上的星宿。清刻本作「元宿」，為避康熙帝玄燁諱。
[7] 陟：由低處向高處走。　八極：八方極遠之地。　區囿：界限。
[8] 「君不見」句：《詩經‧大雅‧卷阿》：「鳳凰鳴矣，于彼高岡。梧桐生兮，于彼朝陽。」《國語‧周語上》：王問于內史過，曰：「周之興也，鸑鷟（鳳凰）鳴於岐山。」岐山亦名天柱山、鳳凰山。在今陝西省岐山縣境。

又不見南陽岡上臥龍起，興復漢祚垂青史[9]。
羨君青瑣舊知名，十年已償林泉盟[10]。
如今胡虜正縱橫，漢家能有幾千城[11]？
勸君早展籌邊略，休殢區區山水情[12]。

---

[9] 「又不見」句：指河南省南陽臥龍岡，諸葛亮曾躬耕於此。

[10] 青瑣：裝飾皇宮門窗的青色連環花紋。借指宮廷。　林泉盟：指隱居。

[11] 胡虜：胡本空二字。知服齋本為「邊寇」。此取隆慶本。

[12] 籌邊略：籌畫安定邊境的韜略。　殢（tì）：滯留。　區區：局限。

# 苦陰雨

雲黯黯兮鬱愁結，雷隱隱兮哀怨絕。

雨潸潸兮血淚下，水泠泠兮悲聲咽[1]。

鳥亂啼兮憐人苦，花零落兮誰是主。

欲深入兮無永穴，欲高飛兮無翰羽[2]。

捫胸問心心轉迷，仰面呼天天不語。

混宇宙兮不分，藹煙霧兮氤氳[3]。

西風起兮天霽，掛遠樹兮夕曛[4]。

聚還散兮暮雲平，晦復明兮日初晴，

何時回怒兮天王聖明[5]？

---

[1] 潸潸：雨水不止貌。　泠泠：清涼貌。

[2] 深入：四庫本、知服齋本、味菜廬本作「入深」。此取隆慶本、李本、胡本。　翰羽：羽翰、
翅膀。

[3] 氤氳（yīnyūn）：彌漫貌。

[4] 夕曛：落日的餘輝。

[5] 回怒：收回怒氣。

# 題梅軒號[1]

江南有梅不見雪，冀北雪多梅花稀[2]。

惟有中州風土好，梅花雪花相映暉[3]。

孤根深托雲石裏，天與清香豈偶爾。

不向春光藉豔陽，寧隨上苑爭桃李[4]？

老幹雪鋪翻助清，層冰萬丈影涵明。

幽姿皎皎塵埃絕，琴瑟逼人冷氣生。

萬樹叢中呈淡妝，百花頭上吐寒芳。

翛然遠嶠輕風起，吹落乾坤草木香[5]。

一枝潔素羞粉白，娟娟月姬著新裳[6]；

一枝黃萼梁園發，攢金綴粟色微茫[7]；

一枝朱英丹換骨，錯認夭桃帶淺霜[8]；

一枝紫蕤蕾初破，曉霞飛落緋衣傍[9]；

一枝同心並頭開，晴沙酣睡雙鴛鴦。

疏影籠月，瘦骨插天，勁梢穿石，枯隙藏煙。

鶯蝶不相識，風雨更嫣妍。

---

[1] 梅軒：梅國的別號。見〈跋冀梅軒留朱子語畧後〉注[1]。清王士禎《居易錄》卷十八：「輝縣冀氏世傳楊忠愍公詔獄中畫梅一卷，自題長歌其上。河南提學副使族兄書年（際有）常見而和之。」

[2] 冀北：指北方遊牧地區。

[3] 中州：指中部黃河流域。

[4] 上苑：皇家園林。

[5] 翛然：超脫貌。　遠嶠：遠山。

[6] 娟娟：明媚貌。　月姬：指嫦娥。

[7] 梁園：指汴京。今河南省開封市。　微茫：隱約朦朧。

[8] 夭桃：指豔麗的桃花。

[9] 蕤（ruí）：指花。　緋衣：紅色衣服。

冰葩凍蒂應難落，一任凄涼羌管弄前川[10]。

古瘦清香原太始，品題群花更無比[11]。

一段幽閒惟自知，豈容凡眼窺紅紫。

羨君孤梗迥絕俗，梅花如人人如玉[12]。

得意移來軒後栽，松竹交映愜衷曲[13]。

樽酒相看花解語，似促早上金門去[14]。

商家正須和羹材，休爲花神滯野墅[15]。

花落結實調鼎春，烹來端可薦楓宸[16]。

惟願分種千萬山，以解蒼生萬斛之渴塵[17]。

---

[10] 羌管：古代的管樂器。因出於羌中，故名。

[11] 太始：指天地開闢、萬物開始形成的時代。

[12] 孤梗：孤高剛直。

[13] 愜（qiè）：滿足。　衷曲：指內中難以吐露的情懷。

[14] 花解語：解語花。喻美女。五代王仁裕《開元天寶遺事‧解語花》：「明皇秋八月，太液池有千葉白蓮數枝盛開，帝與貴戚宴賞焉。左右皆歎羨，久之，帝指貴妃示於左右曰：『爭如我解語花？』」　金門：指宮門。翰林學士待詔之處。

[15] 商家：即商朝。代指朝廷。　和羹：《書‧說命下》：「若作和羹，爾惟鹽梅。」比喻大臣輔助君主綜理國政。　野墅：村野田廬。

[16] 調鼎：烹調食物。喻任宰相治理國家。《韓詩外傳》卷七：「伊尹，故有莘氏僮也，負鼎操俎調五味，而立為相，其遇湯也。」　楓宸：指帝王殿庭。

[17] 萬斛（hú）：指容量極多。　渴塵：渴心生塵。唐盧仝〈訪含曦上人〉詩：「三入寺，曦未來。轆轤無人井百尺，渴心歸去生塵埃。」喻訪友不遇，思念殷切。此指對治國人才的深切渴望。

# 遺筆詩字[1]

飲酒讀書四十年，烏紗頭上是青天。
男兒欲到淩煙閣，第一功名不愛錢[2]。

---

[1] 此詩錄自《隨園詩話補遺》卷六·一六。字稍有出入。同治丙寅年刊《楊椒山先生集》亦錄
此詩，詩題作《遺筆詩字》，題下附「現在京都宣武門內都城隍廟懸供」。二十世紀九十年
代初在安徽宿州一所小學園子裏作為詩碑出土，收入上海古籍出版社《宿州市志·文物》一
書。

[2] 淩煙閣：唐太宗貞觀十七年畫功臣像于淩煙閣。後指表彰功臣繪有功臣圖像的高閣。

# 臨刑詩　二首

浩氣還太虛，丹心照萬古[1]。
生前未了事，留與後人補。

天王自聖明，制度高千古。
平生未報恩，留作忠魂補。

---

[1] 浩氣：《孟子‧公孫醜上》：「我知言，我善養吾浩然之氣。」「其為氣也，至大至剛，以直養而無害，則塞於天地之間。」　太虛：指天。

# 句

遇事虛懷觀一是，與人和氣察群言[1]。

鐵肩擔道義，辣手著文章[2]。

---

[1] 一是：一切。

按：梅白寫文章憶道：1959年7月4日，在廬山，毛主席對王任重、劉建勳和我說：「我今天有一點點空閒，請你們三位與我共進晚餐如何？」我們當然都很高興。於是我隨王、劉到毛主席在廬山的住處吃飯。席間，主席興致很高，除說了國內國際的一些事以外，還談到了《紅樓夢》。主席談吐很隨便。這時，他又談起詩，並念道：「遇事虛懷觀一是，與人和氣察群言。」接著問我：「你曉得這是哪個的作品？」我說：「是不是明代楊繼盛的詩？」主席高興地笑了：「是的，這是椒山先生的名句。我從年輕的時候，就喜歡這兩句，並照此去做。這幾十年的體會是：頭一句『遇事虛懷觀一是』，難就難在『遇事』這兩個字上，即有時虛懷，有時並不怎麼虛懷。第二句『與人和氣察群言』，難在『察』字上面。察，不是一般的察顏觀色，而是要虛心體察，這樣才能從群言中汲取智慧和力量，詩言志，椒山先生有此志，乃有此詩。這一點並無驚天動地之處，但從平易見精深，這樣的詩才是中國格律詩中的精品。唐人詩曰：『邑有流亡愧俸錢』，這寥寥七字，寫出古代清官的胸懷，也寫出了古代知識份子的高尚情操。寫詩就要寫出自己的胸懷和情操，這樣才能引起讀者的共鳴，才能使人振奮……」（董志英編《毛澤東軼事》，崑崙出版社1989年出版，第247頁）

[2] 道義：道德義理。　辣手：猶能手，老手，強勁有力之手。

按：北京圖書館金石組編、中州古籍出版社出版《北京圖書館藏中國歷代石刻拓本彙編》第五十六冊，有《楊繼盛書聯語》：「鐵肩擔道義，辣手著文章」，後題「繼盛」二字。明刻，附嘉靖三十四年後。石在北京宣武區達智橋松筠庵。拓片高97釐米，寬31釐米。行書。另有說此聯詩為楊椒山獄中題壁。見文化藝術出版社1982年出版《對聯欣賞》一書。

# 楊椒山集校注　卷四

## 自著年譜[1]

　　予家原口外小興州人[2]，國初被邊患，徙入內地。（國初以州常被虜患，盡徙民入內地。）遠祖之在小興州者不可考。祖楊百源，徙保定府容城縣，入樂安里籍，居城東北河照村。世業耕讀。（補縣學生員者代不乏人，然止於教官而已。及今則子孫繁衍至百餘人，人才以漸而盛。）百源生述正，述正生進，進生俊，俊生青，青生富。富生子三人，長繼昌，即予同母兄，次繼美，予庶兄[3]，父姜陳氏所出，其三即不肖也。父娶母曹氏，（本縣民人曹忠室女。）生予於正德十一年丙子歲五月十七日辰時[4]。（父喜而謂曰：「卜者相者，以予有陰德，當生異子。今觀此孩，首身股三停，必不凡也。高門閭，大宗族，在是子矣。」）丁丑年二歲，戊寅年三歲，己卯年四歲，俱在母乳抱。狀奇異，頭甚長，且圓大，人皆以為壽星頭。

　　庚辰年五歲。父姜陳氏有寵而妒，（母甚失所，舅曹安白之於官，親戚知父姜之惡，同居必加害於母也，遂共議父與母各居矣，將家產分為三。）遂各居，產分為三，父及庶母庶兄取其二，母及兄與予得其一。

　　辛巳年六歲。嫂惑于庶母（之唆），兄惑于嫂（之言），兄與母又各居矣。（將產分為二，兄取其一，母及予及姊三人得其一。）耕種之苦，負

---

[1] 自著年譜：從李卓吾定本，參校以隆慶本、四庫本、知服齋本、北京圖書館藏珍本年譜叢刊等。各本皆有刪略，只隆慶本、三賢集本接近原稿。括弧內小字均為隆慶本、三賢集本異文，後面凡此類文字皆如此，不另出校。

[2] 小興州：即宜興州，在古北口（地處今北京市密雲縣東北部）長城外，治今河北灤平縣東北。俗稱小興州。

[3] 庶兄：同父異母兄。庶，非正妻生的孩子。

[4] 正德：明武宗朱厚照年號。　辰時：午前七時與九時之間。四庫本無「時」字。

戴之勞，母及姊俱身任之。時予亦嘗負一小束禾，隨母姊同行，見者爲之歎息流涕。

嘉靖改元，壬午年七歲。母得咳嗽勞疾，親戚勸兄與母同居。至七月六日母捐館[5]，父攜庶母避之他所。（蓋懼予舅告也。至兩月餘，親戚勸講，始歸。時予日夜惟哭泣，）予惟哭泣，日則諸姊引攜，夜則隨兄同寢，其狼狽孤苦，良爲至極。

癸未年八歲。夏，即善牧牛，或宿於場園，或宿於瓜鋪，雖家人不之知，久亦不甚尋也。至秋，有老儒沈性諱琇者[6]，在里塾發蒙[7]，（教諸生，予每竊往觀之。）予見諸生揖容之美[8]，聞吟誦之聲，心甚愛之。歸而告于兄，欲從讀書。兄曰：「若年幼，焉用此？」予曰：「年幼能牧牛，乃不能讀書耶？」又告于父，始得入里塾從師矣。凡所受書，四五過，即能成誦。從學四五日後，即能對句。時有年長而來學者，師出對云「老學生」，眾不能對，問及予，即應聲云「小進士」。（師喜云：「此兒將來必進士矣！」）

甲申年九歲。（四月又）退學，供牧牛事。七月間，兄以牧牛失期見責云：「（家事在吾二人，汝奈何不勤謹。）即分居，汝當餓死矣！」（蓋亦戲而恐之也。）予曰：「分亦何妨？」兄乃分予屋一間，米豆各數斗，驢一頭。予乃早起，自作飯食。食畢，則將米豆上各畫字記之。將門封鎖，乘驢出牧。午間回亦如之。鄉人俱爲流涕，兄亦佯爲不理。至四五日後，乃喜而語人曰：「我戲而勒之分居，即能料理家事如此。」於是又合居。冬十月，農事畢，（又）從塾師肄業[9]（矣）。

---

[5] 捐館：拋棄館舍。死亡的婉辭。

[6] 沈琇：楊繼盛的第一個啟蒙老師。餘未詳。諱，指已故尊長者之名。也用於敬稱生者的名字。

[7] 里塾：指鄉里間私人設立的教學場所。

[8] 揖容：拱手行禮的儀容。

[9] 肄業：修習課業。

　　乙酉年十歲。春秋從塾師學，（夏牧牛，俱如昔。學課對句。父每退食及客至，必命對，對輒稱善。）對句輒善。一日客至無酒，沽于館，父出對云「無酒是窮主」，予即對曰「有兒為名臣」。（此客乃父表弟陰陽官辛體元也。）客歎賞不置[10]。父由此鍾愛之，而庶母意亦稍稍敬矣。

　　丙戌年十一歲。春，沈師辭歸家，乃從族伯翔讀。是夏，父恐其誤學，乃脫牧牛事。至七月，父以鄉間聞見不廣，遂囑兄送本縣，從庠生王姓諱允亨讀[11]，方少有進。九月終，父得反胃病，遂召至家，日夜問安侍養。十月母始葬。十一月初八日亥時，父捐館，時柩在堂。本縣拘兄作收糧大戶，兄不得往，予遂代役。其收納記算，卯酉點查[12]，俱不錯誤。

　　丁亥年十二歲。（春夏秋，兄與庶母爭家財致訟，予惟務農事，至秋乃送於定興縣東江村）表兄王監生家寄食，從劉先生簡齋學。

　　戊子年十三歲。春，劉師辭歸，乃從邸先生諱宸號南臺（後登甲辰進士，復姓趙，任南道御史）[13]。一日師出，予與諸生作布陣相戰之戲。師偶來，眾皆藏匿。師呼跪，出對云「藏形匿影」，對成者先起。予隨云「顯姓揚名」。師云：「此絕對也。」自此相愛之甚。始教以作文法。（多十月，師館於別鄉。予遂歸，乃從鄉耆陳師學讀書經。師能記書而不善作文，自此又躭延歲月矣。）

　　己丑年十四歲。（夏，陳師病故。予又從農事。多初，）從陰師學。（陰師諱從光號臨池，縣庠生也[14]。與其子陰標號豫庵（後登辛丑進士）

---

[10] 不置：不止。
[11] 庠生：秀才的別稱。　王允亨：如上。餘未詳。
[12] 卯酉：早晚。
[13] 邸先生：生平如上。餘未詳。　甲辰：指嘉靖二十三年。
[14] 陰從光：如上。後以子陰標贈兵部主事。

同筆硯[15]，（乃）發奮力學，初若漸進。

　　庚寅、辛卯、壬辰年，十五、十六、十七歲。陰師棄學業，專肆力於置產，講解之功日疎。所同遊者，又皆富室子弟，日惟嬉戲。予既鮮師傅之嚴憚，又爲諸友紛擾，學業無甚進益。（三年之間，止講《論語》二冊。）兄促予別學，予以無故，不忍辭。壬辰年，庶兄故。

　　癸巳年十八歲。春，府考，候送察院[16]，不中。歸甚慚憤，乃將四書自讀，看一過，又別治禮記經，亦粗讀，看一過。五月府考，遂取中。六月送察院考，獲充縣學生員。提學乃江寧王公石岡也[17]。（題目：《四書》「使驕」、「且吝」二句，《禮記》「汙罇」、「抔飲」二句，論天地變化草木蕃。同案者十五人，予考一等第四。）歸仍從陰師學。至十月初，（乃）與同庠王諱世雄號奕山約[18]，共力親爨[19]，讀書於社學[20]。所居房三間，前後無門，又乏炭柴坑席，嘗起臥冰霜，而寒苦極矣。時同會者，胡默齋九齡、侯中城忠愛、許龍川澄、陰南峯邦彥並豫庵、奕山也[21]。

　　甲午年十九歲。春夏，仍同奕山兄讀書社學。秋，本縣貢士

[15] 陰標：容城人。嘉靖二十年進士。授兵部主事，轉禮部郎中，升河南參議。以清節名，有政績。

[16] 察院：指院試的考場。察院是各道御史的衙門，各省學政最初多由御史出任，所以院試的考場叫察院。

[17] 提學：即提督學道。掌學政，主持歲試、科試，考察師儒優劣、生員勤惰。　王石岡：王以旂（1486－1553），字士招，號石岡。明南京江寧人。正德六年進士。授上高知縣。擢監察御史。曾以御史提督畿內學政。後任兵部尚書，總督陝西三邊軍務，屢破韃靼軍。有《襄敏集》。

[18] 同庠（xiáng）：同學。庠，特指鄉學。　王世雄：號奕山。後為河南南陽府訓導。

[19] 爨（cuàn）：燒火做飯。

[20] 社學：古代地方學校。

[21] 胡九齡：號默齋。為楊繼盛頗器重。後由例貢任金鄉縣縣丞。　侯、許、陰（邦彥）：後皆未成名。　豫庵（陰標）、奕山：見前注。

李諱學詩號古城歸自太學[22]，設教寧國寺。李端介有道之士，教人不論貧富，惟因材加厚。予遂從學，復治書經[23]。一見，師便奇之，出「然非歟」題命爲文[24]，蓋寓相傳之意也。予文甚爲所稱許，自是日日講究不懈（矣）。（是年）冬十月，娶胡村張公諱泉次女爲妻[25]。先時鄉人見予學頗進，富室多許妻以女。予曰：「富室之幼女，豈可處於兄嫂之間耶？」張泉者，予兄之叔丈也，家以耕織爲業，家不甚富，其行誼爲鄉里所重。又聞其女長而甚賢，竊喜其與嫂既爲姊妹，其爲妯娌必和，遂娶之。娶之後，而妻之困苦，殆不可言。時居僧人佛永房，予無僮僕，僧無徒弟，僧嘗念經於外，予自操井竈之勞。秫秆五根，剖開可以熟飯。冬自汲水，手與筒凍住，至房，口呵化開，始作飯。夜嘗缺油，每讀書月下。夜無衾，腿肚常凍，轉起而繞室疾走（始愈）。其苦蓋難言萬一矣。

乙未年二十歲。師教既勤，予資性頗高，而用力又銳，一年之間學業遂成。師亦大肆力於學問，嘗私語於予曰：「我與汝今日爲師徒，後日可爲同年矣。」（乃於城外築書舍，）方期來年謝諸生，與予同務舉子業焉。

丙申年二十一歲。新春，師偶得癱瘓病，予日侍湯藥，百里之外請醫，既無腳力，且少盤費，惟徒步忍餓潛行而已。然師平日酒量甚大，飲多痰盛，竟不能起。噫！予之心喪，至今耿耿，豈特三年哉！是夏，與庠友李鶴峰九皋及奕山[26]，會文于寧國寺

---

[22]　貢士：指地方向朝廷薦舉之人。　李學詩：號古城。容城人。輕財重義，博學多聞。　太學：設於京城的最高學府。

[23]　書經：即《尚書》。儒家經典之一。

[24]　然，非歟：《論語・衛靈公第十五》：「子曰：『賜也，女以予爲多學而識之者與？』對曰：『然，非與？』曰：『非也，予一以貫之。』」

[25]　張泉：「泉」一作「杲」（隆慶本、知服齋本）。

[26]　李鶴峰：李九皋。見〈族兄東城親家鶴峰獄中賜顧同宿二夜感作〉注。

上房[27]。（條約甚密，且相摩爲善。情愛綢繆，若兄弟然。）至五月間，陰雲樵、養晦等會文于午方村關王廟[28]。予三人步行往赴會焉，此會亦甚嚴密，甚有進境。七月間，提學湖廣朱公兩崖取歲考[29]，予遂以優等補廩[30]。是秋，文會散，陰雲樵會長博學能文，且性甚剛介，予慕其與己同也。乃遂自運薪米往會于渠鄉，即寄食於家，日夜共肄業於野園，甚有裨益，而學大進焉。

　　丁酉年二十二歲。春二月，提學上元謝公與槐取考科舉[31]，內二題偶記不真，方憂其被責，及發落則居第二，其稱許獎賞反倍於第一者，批語甚長，內有「學力才識過人，其就未可量」之句，郡縣自是有名。秋試落第，（兄不令往東牛會，乃令）在家教二姪。

　　戊戌年二十三歲。（以家中常有農事相及，乃）引二姪復居縣寺佛永僧房。夏，天行瘟疫，主僧病倒，同舍生即亡去。兄遣人促予及二姪歸，予曰：「如予去，則此僧死在旦夕。」善遣家人回。兄又遣人促曰：「如相染，毋家歸也。」予曰：「平日相與，有病去之，心寧忍乎？如予相染，同死於此亦可也。」於是止取二姪歸。予爲之親供飲食，遍求醫藥，夜則同寢，二十日而僧愈。時兄亦染病矣，信到，予即歸。不解衣而事者月餘[32]，兄愈。妻又病，無一人近，予自調養之，數日而愈。是年傳染甚多，予親事三人而不能染。人皆以爲有神佑云。

[27]　會文：指以文會友，舉辦具有競賽考試意義的寫作集會。

[28]　陰雲樵：未詳。　陰養晦：官生。任懷慶府通判。

[29]　朱兩崖：「兩」各本皆錯為「雨」。朱廷立（？－1566），字子禮，號兩崖。明湖廣通山人。嘉靖二年進士。巡按順天，督修河道。後督北畿學政，倡正學，精藻鑒。官至禮部侍郎。有《兩崖集》等。

[30]　補廩：明時生員經歲、科兩試成績優秀者，增生可依次升廩生，謂之「補廩」。廩生，即由公家給以膳食的生員。

[31]　謝與槐：謝少南，字應午，一字與槐。明應天府上元人。嘉靖十一年進士。累官河南布政使參政。有《粵臺稿》、《河垣稿》等。

[32]　事：伺候。

　　己亥年二十四歲。時二佂常思歸家，且供給不便，（遂令肄業於家。）予乃築草團瓢於西園[33]，肄業其中。

　　庚子年二十五歲。春，提學寧夏黃公南渠考科舉[34]，予居第三。時兄與本村富民訟于府，兄屈賄不勝，困於獄。予曰：「兄負屈如此，尚焉應試爲哉？」（時各上司因築城之役，俱駐於沙河。予）即往訴，撫按俱以事小拒。予曰：「詞訟只當論屈之大小，事之大小豈可拘也？」訟遂得白。畢，即赴試，乃中式第二十一名。主考童內方、李方泉[35]，房考莆田林瘦泉諱成立、解元劉一麟也[36]。冬十二月，長子生。

　　辛丑年二十六歲。會試落第，歸，仍肄業團瓢。秋，同年孫聯泉諸兄書約入監[37]。人有告兄者曰：「舉人坐監歷事[38]，可三年而畢，須費二百金。」兄曰：「若此則負累吾矣！（吾有子而多，將來何以度日？）」乃議析居，（予決意不肯。至九月間，四姊夫遭不幸事，繫獄河間。予往探之，兄乘不在，乃自析之，分穀八石於予房。予歸，）不得已，各居焉。是冬，入北監。

　　壬寅年二十七歲。在監，春季考第一。五月該撥部歷事，因先有聯泉之約，不可背，乃給引回家。九月長女生，冬徙居於縣。

---

[33] 草團瓢：圓形茅屋。

[34] 黃南渠：未詳。

[35] 童內方：童承敍，字士疇、漢臣，號內方。明湖廣沔陽人。正德十六年會試中式，世宗即位，成進士。官至右春坊右庶子。有《平漢錄》、《內方集》等。　李方泉：李學詩（1503－1541），字正夫，號方泉。山東平度人。嘉靖五年進士。任永平府推官，入為吏部稽勳主事，歷考功、文選員外郎，改翰林編修。官至左春坊左中允兼翰林修撰。

[36] 房考：明時鄉會試時分房閱卷的考官。　林瘦泉：林成立。嘉靖十三年舉人。福建興化府莆田人。官肥城知縣。　解元：即鄉試第一名。　劉一麟：字子仁，號雪山。直隸昌平州人。嘉靖十九年舉人。嘉靖二十九年進士。歷官山東青州府推官、兵科都事中、戶科右給事中、戶科左給事中、刑科都給事中。後降山西平定州判官。歷陝西參議調雲南。

[37] 孫聯泉：孫慎，字敬夫，號聯泉。太原府祁縣人。保定籍。嘉靖二十三年進士。歷通議大夫、都察院右副都御史、總理河道。

[38] 歷事：明代官吏實習制度。國子監生學習至一定年限，分撥到政府各部門實習吏事，稱「歷事」。實習凡三月，經考核，上等者報吏部候補，但須回監再學習一年，始正式授官。

癸卯年二十八歲。春，復居鄉。一日，予置酒要兄之外父及諸親數人會飲，至半酣間，予起而言曰：「初兄與予析居，謂予坐監費多，敗壞家事耳，今予坐監歸，而農事所得更豐，欲與兄復同居，何如？」諸親俱踴躍稱讚，以為田氏復生也[39]。兄亦喜而允之。（蓋）此意之舉，雖妻亦不知也。秋，得會試盤費銀三十兩，與兄納為散官。

甲辰年二十九歲。落第，復入監。祭酒，徐少湖公也[40]。初課予以文，遂大奇之，曰：「真奇才也，但少欠指引耳。」予遂備束脩受業。

乙巳年三十歲。二月十九日，次子生。是年尚在京，從少湖師學。

丙午年三十一歲。二月，長子殤。是年尚從少湖師學。

丁未年三十二歲。會試中三十八名，主考孫毅齋、張龍湖，房考都給事中莆田鄭于野公也[41]。殿試中二甲第十一名，未開榜先，鄭于野兩次差人報予中第一甲，蓋大學士夏公以予策多傷時語不敢進呈耳[42]。觀工部政，六月選南京吏部驗封司主事[43]，七月歸家，九月買妾劉氏，閏九月赴任，十月到任。考功司郎中鄭

---

[39] 田氏：田真，西漢京兆人。與弟田慶、田廣三人分財。堂前有紫荊一樹茂盛。共議破之為三。未幾枯死。真歎曰：「木本同株，因分析而摧悴，況人兄弟孔懷，而可離乎？」相感復合，荊亦旋茂。後傳為田氏三荊樹典。

[40] 祭酒：國子監祭酒，為國子監的主管官。　徐少湖：徐階。見〈請誅賊臣疏〉注。

[41] 孫毅齋：孫承恩（1485－1565），字貞父、貞甫，號毅齋、瀼西草堂。明松江華亭人。正德六年進士。授編修，歷官禮部尚書，兼掌詹事府。工書善畫，尤擅人物。有《歷代聖賢像贊》、《讓溪堂草稿》。　張龍湖：張治。見〈送張龍翁老先生拜相序〉注。　鄭于野：鄭大同，字皆吾，號于野、居俟堂。明福建莆田人。嘉靖八年進士。授行人，累官刑部侍郎。有《居俟堂集》。

[42] 夏公：夏言（1482－1548），字公謹，號桂洲。明廣信府貴溪人。正德十二年進士。授行人，歷兵科給事中，任禮部尚書兼武英殿大學士。參機務，居首輔。後為嚴嵩攻訐，被殺。有《賜閑堂稿》、《桂洲集》。

[43] 吏部：專掌官吏任免考課。　驗封司：掌理文職官員封爵、襃贈、襲蔭、土司嗣職之事。主事：為司官中最低一級，正六品。

公淡泉諱曉[44]，時稱爲冰鑒，一見而奇之，退而謂諸僚曰：「此人心志氣節事業，將來未可言也。」遂甚相愛，日告以居官守身之道，與夫古今典故焉。

戊申年三十三歲。本司郎中史沱村陞[45]，予乃署司印。此司專管吏事，弊端甚多，予乃立爲章程，投到則嚴其登籍，先後則示以定序，點查則革其頂替，考選則防其代筆，取撥則革其圖弊。凡已往弊端，俱爲之一洗，吏無不服，而堂上及諸僚俱稱賞焉。是年專肆力于詩文之學。

己酉年三十四歲。二月，妾劉氏死。三月初二日午時，第三子生。是時，關西韓公苑洛諱邦奇爲南京兵部尚書[46]。此翁善律呂、皇極、河洛、天文、地理、兵陣之學[47]，而律呂爲精，予遂師之。先攻律呂之學，三月而得其數，乃告于師曰：「樂學非他學比，不可徒事口說，必自善制器，自善作樂，播之聲音，各相和諧，然後爲是。」遂自置斧鋸刀鑽，搆桐竹，易絲漆，先自製管，管和矣，製琴，琴和矣，製瑟，瑟和矣，製簫笙塤篪之類[48]，無不各和矣。又合諸樂總奏之，如出一律，無不和焉。師甚喜曰：「我學五十年，止得其數，今賴子製其器、和其音，當代之學，舍子其誰歟？」一日，師謂予曰：「吾欲汝制十二律之管，每管各備五音七聲，各成一調，何如？」予有難色，師曰：「固知此是難事，古之伶倫無所因而作樂，況今有度數可考乎！（子之資性甚高，試精思之。）」予退而欲製，漫無可據，苦心思索，廢寢食者三

---

[44] 鄭曉：見〈與少司寇吉陽何公書〉第三封注。

[45] 史沱村：史襄善。見〈送史沱村考績〉注。

[46] 韓邦奇。見〈壽大司馬苑洛韓公七十序〉注[1]。

[47] 律呂：古代校正樂律的器具。用竹管或金屬管製成，共十二管，管徑相等。後亦用以指樂律或音律。　皇極：指古代有關天文、曆算、五行等方面的專門術數。　河洛：河圖洛書的簡稱。

[48] 塤篪（xūnchí）：亦作「壎箎」，皆古代樂器，二者合奏時聲音相應和。

日。忽夜夢大舜坐於堂上，予拜之，案上設金鐘一，舜命予曰：「此黃鐘也，子可擊之。」取棰連擊三。醒而恍若有悟，呼妻燃燈，取竹與鋸鑽，至明而成管六，至巳而十二管成。呈于師，師喜曰：「予刻志樂之日，九鶴飛舞於庭，其應乃在子乎？」由是南都有知樂之名。時翰林呂子巾石、福建監生吳憲、江西教官黃積慶[49]，俱用心于樂，（皆與予相講。）然呂巾石知樂之理，而自不解作樂，終涉于渺茫，吳監生粗知樂數，而不足以語精微之蘊，黃教官又執於三寸九分之管爲黃鐘，迷而不悟，可與言樂者鮮矣。

　　庚戌年三十五歲。春，韓師致政歸，謂予曰：「子之樂已八九分，子之才不止于樂（而已也），可旁通濟世之學，至於樂，俟子退閒時一整頓足矣。」予遂大肆力于天文、地理、太乙、壬奇、兵陣之學[50]。（而俱各知其粗。）時本部考功郎中何子吉陽、殷子白野、張子龍山、余子九厓、楊子朋石、塗子任齋、劉子蘇涯相與講論[51]，（爲五日之會，會則講論終日），予一一力行之。吉陽謂人曰：「椒山之果[52]，誠可語進道矣。」故予生死利害義利之關，見之甚明，皆講學之力也。秋，虜犯京師。南都擬勤王，三日無肯行

---

[49] 呂巾石：呂懷，字汝德，號巾石，一號健乾。明江西永豐人。嘉靖十一年進士。自庶吉士出為兵科給事中。官至南京太僕寺少卿。有《心統圖說》、《律呂古義》、《律呂廣義》、《韻樂補遺》等。　吳憲：字延綱。福建政和縣人。正統十二年丁卯舉人。任新安教諭。性嗜學，以文行知名。　黃積慶：江西金溪人。著《樂律管見》。

[50] 太乙：即道家所稱的「道」，古指宇宙萬物的本原、本體。　壬奇：「六壬」和「奇門」的並稱。六壬，動用陰陽五行進行占卜凶吉的方法之一。奇門，即奇門遁甲，迷信者認為據此可推算吉凶禍福。

[51] 何吉陽：何遷。見〈與少司寇吉陽何公書〉注。　殷白野：殷邁（1512－1581），字時訓，號白野。明應天府溧陽人。嘉靖二十年進士。歷戶部主事、南京吏部驗封司主事、江西按察使、四川布政使，官至南京禮部右侍郎管國子監事。　張龍山：張宏至，字時行，號龍山。明松江府華亭人。弘治九年進士。歷兵科給事中、戶科右給事中、都給事中。母喪歸。　余九厓：余文獻，字伯初、可徵，號九厓、九崖、椒山。明九江府德化縣人。嘉靖二十三年進士。有《九厓集》。　楊朋石：楊豫孫（？－1567），字幼殷，號朋石。明松江府華亭人。嘉靖二十六年進士。累官太僕寺少卿。後以右僉都御史巡撫湖廣，政尚寬平。　塗任齋：未詳。　劉蘇涯：劉顯道。見〈送劉蘇涯鄉兄考績北上〉注。　相與講論：隆慶本無此四字。

[52] 果：成就。

者。諸公謂予曰：「兄能爲國一行乎？」予曰：「弟雖不才，然君父之難何敢辭也？」既而虜退，議亦罷。十月考滿，本部考語云：「器深而志遠，學懋而守嚴，儒行占其夙成，壯猷可以大受。」末句蓋謂予粗知兵，欲吏部用之，以治兵事也。自南之北，由山東路乃特趨曲阜，謁孔顏廟，又枉道登泰山，至極頂，因題絕句云：「志欲小天下，特來登泰山。仰觀絕頂上，猶見白雲還。」末序云：「予讀孟子書，以爲天下惟泰山爲高也。今陟其頂而觀之，則知所謂高者，特高於地耳，而山之上，其高固無窮也。」予於是而悟學之無止法矣。（余有詩文數首，不及記。十一月，歸至家。先時兄與叔大不相和，予至家，兄不欲其往拜，予曰：「父已死，惟一叔耳，三年之別，如何不見？」在南京時，與叔做送終衣一套，兄不欲其與，予曰：「特爲叔做，人皆知之，叔來日不多。」卒與之。）

辛亥年三十六歲。正月，爲次男聘李鶴峰兄第五女。先是（有）媒舉（與）顯宦（爲親者），予（私爲厚者）曰：「彼富（而）我貧，（門戶不相對，）素不相厚，志不相孚。」（遂）不敢許。鶴峰者，幼年同窗，且剛直慷慨，心志與己同，遂結親焉。二月買妾槐氏。赴京考滿，投文日即陞兵部車駕司員外。予雖不才，然素妄以天下事爲己任，況此時虜患最急，又官居兵部，志欲身親兵事，掃除胡虜[53]。豈意一入兵部之後，見其上下所行俱支吾常套，不得着實幹事。時有開馬市之議，予曰：「馬市一開，天下事尚可爲哉？」即欲疏陳其不可，然方議遣予行，（遂不敢，）乃草開市稿，候命下即上。大意云：馬市決不可開，然既已遣臣，臣言其不可，是避難也，謹條陳開市五事，一欲俺答愛子入質，二欲盡還擄去人口，三欲別部落入寇俱在俺答承管，四欲平其馬價分爲三等，五欲整

---

[53] 胡虜：四庫本作「寇賊」。前文凡有所用「虜」字，四庫本皆改爲「寇」或「賊」。

兵以備、戰守並用。適一同僚見之，乃報本部尚書趙守樸公諱錦知之[54]，守樸曰：「若此疏上，則馬市決不得開。」乃別遣張主事，才行，予遂上阻馬市之疏。皇上連三閱，即敕曰：「繼盛之言是也。」乃下閣臣擬票。閣臣聞上旨，票語甚溫，而咸寧侯仇鸞有揭帖進（皇）上[55]，乃下八臣會議。八臣者，大學士嚴嵩、李本[56]，禮部尚書徐師階[57]，兵部尚書趙錦，侍郎張時徹、聶豹[58]，成國公朱希忠并仇鸞也[59]。此時鸞之寵勢甚盛，而諸老亦無有實心幹天下事者，皆欲苟安目前，共以爲馬市必可開，雖徐公亦中慴之，不敢異。會議本上，遂下予錦衣獄[60]，拶一拶[61]，敲一百敲，夾一夾。後命下，降予陝西臨洮府狄道縣典史[62]。未到狄道時，其上司僚友俱以予爲剛介性氣之士，或不可相處，各懷疑畏之心。然予處上司僚友，一如吏初選者，數日後各相喜而謂曰：「初以爲先生難處，不意今乃平易守禮，可親可愛如此。」予曰：「素位而行[63]，君子之常，居官如戲場，時上時下，吾惟守分而已。」自是相與甚密。先是謫官多靜坐，不理縣事，縣尹平定州

---

[54] 趙守樸：趙錦，明順天府良鄉人。正德丁丑進士。嘉靖三十年任兵部尚書兼殿閣大學士。三十一年謫戍。（據《弇山堂別集》）

[55] 仇鸞：見〈請罷馬市疏〉注。

[56] 嚴嵩、李本：見〈請誅賊臣疏〉注。

[57] 徐階：見〈壽徐少湖翁師序〉注。

[58] 張時徹（1500－1577）：字維靜、九一，號東沙。明浙江鄞縣人。嘉靖二年進士。任兵部侍郎，終官南京兵部尚書。有《明文範》、《芝園定集》等。　聶豹（1487－1563）：字文蔚，號雙江。明江西吉安永豐人。正德十二年進士。歷華亭知縣、平陽知府、右僉都御史，累進兵部尚書、太子太保。有《困辨錄》、《雙江文集》。

[59] 朱希忠（？－1573）：字貞卿。南直隸懷遠縣人。以勳封，世居京師。嘉靖時襲封成國公。辛追封定襄王。

[60] 錦衣獄：錦衣衛的監獄。錦衣衛，原爲管理護衛皇宮的禁衛軍和掌管皇帝出入儀仗的官署，後逐漸演變爲皇帝心腹，特令掌管刑獄，給予巡察緝捕權力，進而成爲特務組織。

[61] 拶（zǎn）：施加拶（擠壓）指之刑。

[62] 典史：明時爲各縣首領官，未入流。掌出納文移。凡縣不設縣丞、主簿，則兼其職，掌糧馬、捕盜事。又別稱縣尉。

[63] 素位：當前所處地位。《禮記‧中庸》：「君子素其位而行，不願乎其外。」

李魚泉亦相愛[64]，不忍以瑣事相干。予乃請曰：「豈有日食祿而不事事者耶？凡有事可以代勞者，望不吝差委。」於是始付以事，予盡心爲之，俱有條理，而各上司因之亦以難事相委。居月餘，府縣學生員從學者五十人，日相講論，甚有趣味。將門生贄禮並俸資所餘，買東山超然臺。此臺相傳以爲老子飛昇之所，蓋過函關西來，所傳或不謬云。乃於上蓋書院一區，前三間爲揖見之所，中五間爲講堂。又後高處，蓋殿三間爲道統祠[65]，上九位爲伏羲、神農、黃帝、堯、舜、禹、湯、文、武[66]，前側左爲周公、右爲孔子[67]，兩壁側則顏、曾、思、孟[68]，漢董仲舒[69]，隋王通[70]，

---

[64] 李魚泉：李應箕，號魚泉。山西平定人。狄道縣知縣。

[65] 道統祠：即儒學奉祀歷代聖賢的祠堂。宋明理學家稱儒家學術思想授受系統為道統。

[66] 伏羲：即太昊，神話中人類的始祖。　神農：傳說中播五穀、造農具、打井的農業神，日中作市的商業神，創制五弦琴的音樂神，嘗百草的醫藥神。一說即炎帝。　黃帝：傳說為中華民族的共同祖先。　堯：即唐堯。相傳為上古帝王。　舜：相傳為姚姓，名重華，號有虞氏，又稱虞舜。生於媯汭（今山西永濟）。以孝聞名。代堯攝政，巡行四方，除鯀、共工、驩兜和三苗四凶。　禹：又稱伯禹、大禹等。因功大，繼舜位，為夏朝第一代王。　湯：又稱成湯、武湯、太乙等。名履。商朝第一位王。　文：指周文王，姬姓，名昌。武王之父。　武：指周武王，名發。周朝建立者。

[67] 周公：西周初人。姓姬，名旦。周武王弟，與呂尚同為西周開國元勳。以禮治國，奠定成康之治。　孔子：名丘，字仲尼。春秋晚期魯國陬邑（今山東曲阜東南）人。儒家創始人。自漢以後，被尊為聖人。

[68] 顏：顏回，字子淵。亦稱顏淵。春秋時魯國人。孔子學生。以德行著稱。後人尊為「復聖」。　曾：曾子，即曾參，字子輿。春秋戰國間魯國南武城（今山東費縣西南）人。孔子弟子。被後世尊為「宗聖」。　思：子思，姓孔，名伋，字子思。戰國初魯國人。孔子之孫，孔鯉之子。後人尊為「述聖」。　孟：孟子，名軻，字子輿。戰國鄒（今山東鄒城東南）人。被認為孔子學說的繼承者。有「亞聖」之稱。

[69] 董仲舒：西漢廣川（今河北景縣西南廣川鎮）人。景帝時博士，武帝時任江都王相、中大夫，建議定儒學為一尊。有《春秋繁露》著作。

[70] 王通：字仲淹。隋絳州龍門（今山西河津）人。秀才高第。官蜀郡司戶書佐、蜀王侍讀。棄官後退於河汾間，以著書講學為業。主張儒、佛、道三教合一，以「明王道」為己任，重振孔子之學，有「河汾道統」之譽。死後門人諡文中子。

書韓愈[71]，宋周、程、張、朱[72]，元許衡、劉靜修[73]，明薛文清也[74]。狄道多西番回子[75]，俱習番經，不讀儒書，予乃聘教讀二人，於圓通寺設館，募番漢童生讀書者百餘人。至三月後，各生俱知揖讓，敬長上，出入循禮，其資質可進者三十餘人。各父兄亦因而知道理，棄番教，舉忻忻然相謂曰：「楊公來何遲也！」又此處先山木去城近，柴甚賤，邇來則去城幾二百里，柴漸貴，而民病之。城西七十里有煤山一區，先是開者，屢為生番所阻[76]，官府不能制。蓋番民利於賣木，煤開則失利。生番素服予者，予

---

[71] 韓愈：字退之。唐懷州修武南陽（今河南修武東北）人，一說河南河陽（今河南孟州）人。因韓氏郡望昌黎，世稱韓昌黎。貞元進士，授四門博士，歷監察御史、陽山縣令、江陵法曹參軍、國子博士、中書舍人、刑部侍郎、潮州刺史、國子祭酒等。以道統繼承者自任，宣揚儒家仁義學說。指斥佛老。力主統一，反對割據。發起古文運動，被後世列為唐宋八大家之首。有《韓昌黎集》。

[72] 周：周敦頤，字茂叔。北宋道州營道（今湖南道縣）人。歷任南安軍司理參軍、虔州通判等。後定居廬山，堂前有溪，以濂溪名之。世稱濂溪先生。善談名理，深于《易》學，為宋代理學開創者。 程：指二程。程顥，字伯淳。世稱明道先生。宋嘉祐進士。歷任太子中允、監察御史裏行、簽書鎮寧軍判官、知扶溝縣。與弟程頤均受業于周敦頤，思想學說一致。程頤，字正叔。世稱伊川先生。歷任太學學職、秘書省校書郎、崇政殿說書、管勾西京國子監等。與兄顥合稱二程。世稱其學術為洛學。 張：張載，字子厚。世稱橫渠先生。北宋鳳翔郿縣（今陝西眉縣）橫渠鎮人。嘉祐進士。歷任簽書渭州軍事公事、崇文院校書、同知太常禮院。其學以《易》為宗，以《中庸》為體，以孔孟為法。講學關中，其學派稱為關學。有《正蒙》、《橫渠易說》等。 朱：朱熹，字元晦、仲晦，號晦庵、晦翁、紫陽。南宋徽州婺源（今屬江西）人，徙居建陽（今屬福建）考亭。紹興十八年進士。歷知南康軍、提舉浙東茶鹽公事、知漳州、秘閣修撰、煥章閣待制等。曾受業于李侗，得二程之傳，兼采周敦頤、張載等人學說，集北宋以來理學之大成。其學派被稱為閩學。有《四書章句集注》、《伊洛淵源錄》、《楚辭集注》、《詩集傳》等。

[73] 許衡：字仲平，號魯齋。元懷孟河內（今河南沁陽）人。歷京兆提學、國子祭酒、中書左丞、集賢殿大學士。推重理學，被譽為「朱子之後一人」。有《許文正公遺書》、《魯齋遺書》等。 劉靜修：劉因（1249－1293），字夢吉、夢驥，自號靜修。元初容城（今河北徐水）人。家世儒宗。曾詔以承德郎、右贊善大夫、集賢學士、嘉議大夫。皆辭，以授徒終生。與許衡並為「元北方兩大儒」。提出「詩、書、春秋皆史」之說。元人輯有《靜修先生文集》。

[74] 薛文清：薛瑄（1389－1464），字德溫，號敬軒。世稱薛夫子、先儒薛子。明山西河津人。永樂進士。歷官監察御史、山東提學僉事、南京大理寺卿、禮部右侍郎兼翰林院學士入閣預機務。性耿介，觸忤權奸，辭官歸鄉。崇尚程朱理學，以復性為宗。有河東派之稱。卒諡文清。有《讀書錄》、《讀詩錄》、《道論》、《薛文清集》等。

[75] 西番：古代對西域一帶及西部邊境地區的泛稱。 回子：回教人。

[76] 生番：舊時指開化程度較低的人。多指少數民族或外族。

往即開之，百姓便焉。城西一帶俱園圃，種蔬荣，先年借洮水灌溉，甚有大利，歲久淤塞，園圃漸廢。予乃募各園戶疏通之，而水利之盛，倍于昔時。狄道應徵糧草，舊無官冊，惟書手有簿相傳，作弊甚大，富者買減而貧者反增，富者納輕而貧者反重。予乃拘集書手在於一所[77]，先算各戶之總數，次算一縣之總數，比原額反多三十石。蓋往時之飛詭俱查出，是以多也。將應徵輕重分為三等，而各戶之輕重均平，無規避於其間者[78]。民間之地，有糧重者，白以與人，亦不敢受，予乃白之於府，將前所餘糧用輕價買地二千畝，地價不足則賣予所乘之馬及所得俸錢并妻首飾也。諸生分種一千畝，有井田之餘意，其一千畝則佃種於人，將所收子粒則擇諸生中之老成者四人收掌。諸生之冠婚喪祭則量貧富補助，餘則候年荒各生分用也。故此一事，百姓之糧草既均，而諸生養生之需亦足矣。俗好禮佛近僧，雖士夫不免，予一禁之，舊習遂革。初時有稱不便者，後來始知惡僧而崇正矣。邊方愚民，惟以織褐為生[79]，上司差來承差書吏，或減價和買，或以雜物易換，雖撫按守巡亦多若此。然一褐之不得其價，則一家之不得其養，故有號泣於道者，有求死於河者。予遂出告示，禁約公差人員買褐，蓋陰寓各上司之發價府縣買褐也。無何，巡按差人買褐，予乃拘其差人，收其牌票，欲為之申請，而府掌印官相講，乃已。此聲一聞，再無一上司來買褐，百姓所得之利，視昔年加倍。故此一舉，亦知非明哲之為，蓋欲為百姓興利除害，故雖叢怨冒罪，亦有所不暇顧云。邊方之民，久被殘虐，易於感化，故予在任則謳歌滿道，去任則哭泣而送於百里之外者千餘人。孔子所謂蠻貊

---

[77] 拘集：召集。　書手：書寫或抄寫人員。

[78] 規避：設法躲避。

[79] 褐（hè）：此指粗布，最早用葛、獸毛，後通常指大麻、獸毛的粗加工品。

之邦行者[80]，信其然歟。

　　壬子年三十七歲。四月，得陞山東諸城知縣報[81]，五月十一日得憑離狄道，七月十二日到諸城任。諸城濱海，俗甚強悍，予治事不數日，民皆守法，吏不敢奸。八月初一日，南京戶部雲南司主事之陞報至矣[82]，其興學校、開荒田、修武備、立保甲、繕城池、均田糧、平徭役數事，平日之欲爲而不得者，方欲少效一二，無何，九月十七日憑至而止。十月初六日離諸城，二十日到南京，二十二日到任，即有北刑部湖廣司員外之報[83]。十一月初四日憑至，初八日離京，十六日抵淮安[84]，又有調兵部武選司之報[85]。先是得刑部報即圖歸家，以敕命事，焚黃祭先父母[86]，期告病不出。及得兵部報，則翻然思曰：一歲四遷其官，朝廷之恩厚矣，尚何以有身爲哉？遂思所以報國之道。舟中秉燭靜坐，至四鼓，妻問其故，予曰：「荷國厚恩，欲思捨身圖報，無下手得力處。」妻曰：「奸臣嚴閣老在位[87]，豈容直言報國耶？當此之時，只不做官可也。」予聞其言，乃知所以報國之本，又思起南都日食之變，遂欲因元旦日食，奏劾大學士嚴嵩。稿成，恐過家則人事纏繞，或不能元旦抵京，乃由別路於十二月十六日到京，十八日到任。

---

[80] 蠻貊（mò）：古代稱邊遠少數民族。　行：實行。

[81] 諸城：明屬青州府，在山東東南部，治今山東省諸城市城關鎮。

[82] 戶部雲南司：戶部十三清吏司之一。　主事：司官中最低一級，正六品。

[83] 北刑部：指北直隸省刑部。北直隸，相當今北京、天津二市，河北省大部和河南、山東省部分地區。　員外：明司官中的中間一級，從五品。

[84] 淮安：明府名。治山陽縣（今江蘇淮安市）。

[85] 武選司：武選清吏司，明兵部所屬四之一。分掌全國衛所及土司武職官員的選授、品級、封贈、襲蔭，考察各地之險要而建置營汛等事。

[86] 焚黃：舊時凡品官新受恩典，祭告家廟祖墓，告文用黃紙書寫，祭畢即焚去，謂之焚黃。後亦稱祭告祝文爲焚黃。

[87] 閣老：明用爲對翰林中掌誥敕的學士的稱呼。

　　癸丑年三十八歲。元旦，謄真本，初二日齎至端門[88]，方欲進，聞拿內靈臺官[89]，知本意不合，即趨出，日怏怏不懌[90]。至十四日，乃齋戒沐浴三日。至十八日，本上。論嚴嵩十罪五奸。二十日拿送鎮撫司打問[91]，先捘到手，捘木繩俱斷。予曰：「鬼神在上，尚用刑哉？」乃先敲一百敲，問所以主使之人。予曰：「當此時之臣奸邪大半，皆嵩心腹，此事固不可與之議，且盡忠在己，豈必待人主使，如有人敢主使，則彼當自爲之矣，又何必使人爲哉？」乃夾一夾，將脛骨又夾出，問所以引用二王之故[92]。予曰：「奸臣之誤國，雖能欺皇上，必不能欺二王，蓋二王年幼，且未冊封，奸賊必不隄防避忌，譬如人家（有）家人作弊（者），家長雖不知，而家長之子未必不知也。滿朝皆嵩之奸黨，孰敢言彼之過，皇上常不與二王相見，此奸賊所以敢放肆無忌，然止能瞞皇上一人，二王固知之真矣，至親莫若父子，皇上若問二王必肯言彼之過也。」問官云：「若此，豈敢回本！」乃又敲五十二敲，夾一夾棍。其問答之辭甚多，予始終不屈。乃重打四十棍，釘肘鐐送監。至二十二日（晚），奉旨，錦衣衛打一百棍，四棍一換，送刑部從重議罪。乃比依詐傳親王令旨律絞監候。方予未上本之前，司中日相與議論者汪子少泉（名宗伊湖廣人）、周子松崖（名冕四川人）、王子繼津（名遴霸州人）[93]。少泉則與謀議冒功一節乃其所見，

---

[88]　齎（jī）：持，送。　端門：宮殿的正南門。

[89]　內靈臺：指內府天象觀測臺。明設掌印太監一人，僉書近侍、看時近侍無定員。掌觀察氣象，測候災祥，並會同欽天監管每年造曆之事。

[90]　不懌（yì）：不悅。

[91]　鎮撫司：隸錦衣衛下，掌本衛刑名及理軍匠，兼掌詔獄。此句上一句「論嚴嵩十罪五奸」各本皆無，見於北京圖書館珍本年譜叢刊。

[92]　二王：指裕王、景王。見〈請誅賊臣疏〉注。

[93]　汪少泉：（？－1587），字子衡，號少泉。明湖廣崇陽人。嘉靖十七年進士。歷浮梁知縣、兵部郎中、應天知府、戶部尚書、南京吏部尚書。　周松崖：周冕，號松崖。嘉靖二十年進士。明四川遂寧人。歷官太常博士、貴州道試御史、武選司郎中。因彈劾嚴嵩下獄，斥革爲民。隆慶初，起爲太僕少卿，未任而卒。　王繼津：見〈與繼津年兄書〉注。

松崖則與知而不見其稿，繼津則知其欲爲而不知爲何事。上本後，入部交牙牌，辭僚友，衆方知予有此舉，各疾讐遠避。而一二知己雖有眷戀之情，尚多畏縮之狀，獨繼津則肝膽相許，若親兄弟然。予觀其義氣激發，情愛懇至，遂托云：「予二子一女，一子已聘有妻，一子尚未聘，一女尚未許人，長而娶嫁，皆兄之事也。」繼津遂面許云：「此盡在弟，而一小女正與三令郎年歲相當。」遂許焉。自予入獄，鎮撫司刑部之保護皆繼津也。其受打之先，王子西岩（名之誥湖廣人）送蚺蛇膽一塊[94]，托校尉苗生者齎酒一壺云：「可以服蚺蛇膽[95]。」予曰：「椒山自有膽，何必蚺蛇哉？」止飲酒一杯。彼又云：「莫怕！」予曰：「豈有怕打楊椒山者？」遂談笑赴堂，受打。未打之先，心已有定主，打之時乃兩眼觀心，舌拄上齶，牙齒緊對，意不散亂，口不呻吟。蓋一呼叫則氣亂，氣亂則血入心，必死。方打四五棍時，心受疼不過，若忙亂者，遂一覺照，自思此心亂矣，於是提起念頭，視己身若外物者。打至五六十，忽覺若有人以衣覆之者，遂不覺甚痛，謂之神助，或其然歟？打畢，校尉即推入包袱，擡出，至門外，則家人以門扇擡之，至法司門口，巡風官乃同年江西李天榮者[96]，遂革去門扇，將藥餌諸物一皆阻住。予兩腿腫粗，相摩若一，不能前後，腫硬若木，不能屈伸，止手扶兩人，用力努掙，足不履地而行入獄。提牢則奸党浙江劉檟也[97]，舊規，官繫獄，則有官

[94] 王西岩：王之誥，字告若，號西岩。明湖廣石首人。嘉靖二十三年進士。歷吉水知縣、兵部員外郎、河南僉事、大同兵備副使、兵部侍郎，官至刑部尚書，與張居正相友善，以終養歸。　蚺蛇：唐劉恂《嶺表錄異》卷下：「蚺蛇，大者五六丈，圍四五尺。以次者，亦不下三四丈，圍亦稱是。身有斑文如故錦纈。」相傳蚺蛇的膽能治病止痛。

[95] 「可以」句：只胡本無此語，代之以「服之可以禦杖」。

[96] 巡風官：此指宰獄中來往巡察守望的官吏。　李天榮：江西南昌人。嘉靖二十六年進士。攀附嚴黨。曾任河南副使。

[97] 劉檟：明浙江山陰人。嘉靖二十三年進士。歷提牢官、山東兵備副使。

監。檟乃即下予於民監。自入監後，棒瘡既上沖，又爲強走所努動，方依牆而立，忽兩耳響一聲，不能聽人言，兩目黑暗，不能見物。予心自覺曰：「此乃死矣。」遂昏不省人事，身不覺倒地，若睡熟然。至三更，始甦。噫！忽然而死，忽然而甦，如睡又醒，則人之生死亦甚易事也。兩腿腫脹，沖心不能忍，無藥可用，又無刀針可刺。正無計間，司獄陝西涇陽劉時守送茶一鍾[98]。予飲之，心稍定。因茶思起人以瓦尖打寒事，遂將鍾打碎，取瓦之尖而銳者，將竹筯破開，夾瓦尖在內，用線拴緊，以尖放瘡上，用鼓棰打筯入內五六分，爲此者，獄吏山東黃縣孫儒、犯人浮梁何成也[99]。遂血出。兩腿打有五六十孔，流血初噴丈餘，後則順腿流于地，一時約十數碗。自出血後，心稍清矣。予恐睡倒，則血必奔心，自打後出衛，入刑部，三日夜挺身端坐，頭未至地，以故不能傷生云。藥餌既不可得，予潛使人在監買黃蠟香油，自熬膏藥貼之。至二十六日，則右腿已潰，將皮割去，內肉流於地如稀糊，止顯一坑，長五寸闊三寸深一寸五分，手摩至骨。時有京師秀才侯冕送藥敷之[100]，又內侍趙用送藥服之[101]。劉檟禁繫甚嚴，內外不通，外面人傳已死四日矣。家人甚忙亂。至二十七日，張弘齋差人入視[102]，知予不死，家人尙不信，予托獄吏新城縣盧世經[103]，稍出牛骨簪一根爲信，此簪乃妻常戴者，又左手寫出帖去，家人始知予不死。方敕下刑部擬罪時，山東司郎中同年

---

[98] 劉時守：見前〈劉司獄承恩圖引〉一文。
[99] 孫儒：見〈望雲思親圖引〉一文及注。　何成：明饒州府浮梁縣（今屬江西）人。餘未詳。
[100] 侯冕：未詳。
[101] 內侍：此指宦官。　趙用：未詳。
[102] 張弘齋：未詳。
[103] 盧世經：未詳。

史觀吾（名朝賓福建人）欲從輕議[104]，而尙書何鰲乃嵩之門生、侍郎王學益乃嵩子世蕃兒女親家[105]，聽嵩主使，遂擬此罪。命下，史欲有言，學益怒目視之，無何，史降官矣。刑帖到司獄司，即下老監，日夜籠柙，與眾囚爲伍，死屍在側，備極苦楚。二月初七八，右腿已長肉，左腿皮未割去，遂潰腫如小甕，毒氣上攻，口舌生瘡，不能飲食，勢已危矣。夜夢三金衣人領一青衣童子，小盒內捧藥一丸，遂以湯親灌入，覺則口舌不痛，可吃飲食。又想起以磁瓦尖打之，連數十下，不見膿血，予曰：「此瘡潰已深，非瓦尖所能到也。」遂以小刀先用針線將腿皮穿透，提起，乃將刀刺入，約一寸深，周圍割一孔如錢大，膿血流出。方予割肉時，獄卒持燈手戰，至將墜地，乃曰：「關公刮骨療毒，猶藉於人，不似老爹自割者。」當時約四五碗，其內毒始脫矣。日每以布數十片拭膿，每布約二尺，每日輪用，可濕兩次，膿可流二三碗。自初瘡至愈，膿豈止六七十碗而已哉。十六日，左腿垂筋二條，如簪粗，一頭已斷，一頭尙在腿上，予亦割之。二十八日，提牢官邱洲峰（名秉文福建人）乃獨仗公義[106]，遷予于監東獄卒小房，幸脫籠柙。九月朝審，予帶長板鈕鐐出門，觀者如堵，爭欲一見顏色，至擁塞不能行。入朝坐西廊下，內臣圍予觀者以千數，有饋飲食者，有送銀錢者，予俱卻不受。內臣益鼓舞稱讚，而罵嚴嵩老賊者以萬數。審時，爲首執筆者則吏部左侍郎王用賓也[107]，

[104]　史觀吾：史朝賓（1510－1571），字應之，號觀吾。明福建晉江人。嘉靖二十六年進士。任刑部郎中。楊繼盛受刑西市時，曾爲之收殮，設靈位哭祭。降職爲泰州通判。隆慶初升鴻臚寺卿。

[105]　何鰲：字巨卿。浙江山陰（今紹興市）人。正德十二年進士。嘉靖三十一年任刑部尚書。
　　　王學益：江西安福人。嘉靖八年進士。歷總理河道、都察院右都御史、刑部侍郎。

[106]　邱洲峰：邱秉文。見〈致養養虛書〉注。

[107]　王用賓（？－1579）：字元興、允興。陝西咸寧（今西安）人。正德十六年進士。歷禮、吏二部侍郎，累官至禮部尚書兼學士，改南京吏部尚書，陞太子太保。有《三渠集》。

眾判以比律情真奏請，題奉欽依[108]，著照舊監候處決。

甲寅年三十九歲。夏間，獄疫大作，日與病者爲伍，四月二十六日遂染瘟疾。時刑部醫官劉廷瑞[109]，江西人，進予發汗藥二服，下藥二服。予病中欠主張，俱依彼服，遂昏，不省人事。提牢官又江西奸党曹天佑[110]，此官乃人家奴僕，讀書中進士後，方出姓，無恥小人，又斷絕醫藥如初獄然。人皆以予必死。幸五月提牢官乃浙江應養虛（諱明德海寧人）親檢湯藥[111]，視飲食。十四日方出汗。噫！若使命不在，死之久矣。是月二十六日養虛乃說堂官，出予老監，遷於外庫，居處則甚便。方養虛遷予時，庸軟輩皆惕以重禍，彼乃毅然爲之，其人品可知矣。九月朝審，乃福建李默爲首也[112]，仍判以情真，題奉欽依，又如前監候。是冬，巡撫艾居麓（名希淳陝西米脂縣人）、管馬御史徐紳（南直隸建德縣人）、知府趙忻（陝西盩厔縣人）[113]，共處置銀二百餘兩，爲予買地三頃。從此則家業漸立矣。

乙卯年四十歲。夏四月，（乃進定禮，始）用媒妁，與繼津結親。九月朝審，復議情真奏請。或云：張經任南直隸總督[114]，因倭寇失事。皇上先已告廟[115]。打科官必欲殺之，經用厚賄買浼嵩[116]，

---

[108]　欽依：皇上依准。

[109]　劉廷瑞：「劉」，隆慶本、胡本作「羅」。

[110]　曹天佑：與嚴嵩同鄉。餘未詳。

[111]　應養虛：應明德。見〈致應養虛書〉注。

[112]　李默：字時言。明福建甌寧人。正德十六年進士。歷吏部左侍郎、吏部尚書。累官翰林學士。不阿附嚴嵩，後爲趙文華所害，下獄瘐死。有《建寧人物傳》、《群玉樓集》。

[113]　艾居麓：艾希淳，字次伯，號居麓。陝西米脂人。嘉靖十四年進士。歷任右參政副史、兵部侍郎。　徐紳：字思行，號五台。南直隸建德人。嘉靖二十年進士。授蘭谿令，擢御史，巡視畿內屯馬。遷尚寶寺卿，累官順天巡撫。　趙忻：字子樂。陝西盩厔縣人。嘉靖二十年進士。歷長洲令、應天巡撫、都御史。

[114]　張經：見後〈張宜人請代夫死疏〉注。

[115]　告廟：指古代天子或諸侯出巡或遇兵戎等重大事件而祭告祖廟。

[116]　買浼（měi）：買通並請托。

費銀二萬，及諸奸黨欲爲彼出脫者，判與予同奏本請。意以予乃皇上心所繫念之人，或得混免伊死。或曰：嵩知經爲皇上所必殺，欲因以及予也。奏上，皇上一見經名，旨意遂云「依律處決」。予知之，付命而已。平昔予同志輩若王繼津、徐望湖、王鳳洲、楊朋石、楊毅齋、龔全山、孫聯泉、應養虛、李鶴峰諸公[117]，爲予奔走救解。鳳洲爲余畫策，以司業王材者[118]，渠門生也[119]，見之，謀欲勸渠相救，王果慨然往。賊嵩初亦迫公論，欲上疏見救，猶豫不果，方卜於神，適賊心腹大理少卿胡植、太僕少卿鄢懋卿在旁[120]，曰：「此何用卜？繼盛負海內重望，徐階得意門生，階一日當國，繼盛出而佐之，我輩無遺類矣。所謂養虎自遺患也。」賊子世蕃，率諸孫復跪而泣曰：「爺如救楊某，則舉家皆爲繼盛魚肉矣。」賊即變色，乃詭言卜不吉。王材爭之曰：「繼盛之死，不足惜也，關係國家甚大，老先生還當爲天下後世慮。」然竟不可回，報至予，予付之一笑。夫予死豈係嵩，毋論植、懋卿輩，天不過欲不朽此輩惡名耳。故將半生逐年行事直書，付男應尾、

---

[117]　王繼津：王遴。見〈與繼津年兄書〉注。　　徐望湖：字子明，號望湖、達齋。明松江華亭（今上海松江）人。徐階弟。歷刑部侍郎、南京大理寺卿。　　王鳳洲：王世貞。見〈大風中鳳洲年兄賜顧言及先寄詩扇未到〉注。　　楊朋石：楊豫孫。見前注[51]。　　楊毅齋：楊儲，字元秀，號毅齋。江西廬陵人。嘉靖十九年舉人。授衡州府推官。人呼爲楊青天。入爲貴州道監察御史。人呼爲鐵面御史。升雲南按察司副使。　　龔全山：龔愷，字次元，號全山。松江華亭（今屬上海）人。嘉靖二十六年進士。官御史，終湖廣副使。曾繼楊繼盛論馬市得罪，廷杖八十，奪俸。　　孫聯泉：孫慎，字敬夫，號聯泉。太原府祁縣人。保定籍。嘉靖二十三年進士。歷通議大夫、都察院右僉都御史、總理河道。　　應養虛：應明德。見〈致應養虛書〉注。　　李鶴峰：李九臯。見〈族兄東城視家鶴峰獄中賜顧同宿二夜感作〉注。

[118]　王材：字子難。江西新城人。嘉靖辛丑進士。太常寺卿，掌南京國子司業事。有《念初堂集》。

[119]　渠：他。

[120]　胡植：江西南昌人。嘉靖十四年進士。以都察院右僉都御史總理河道，調南京光祿寺卿。鄢懋卿：字景卿。明江西豐城人。嘉靖二十年進士。由行人，擢御史，累進左副都御史，官至刑部右侍郎。附嚴嵩，性奢侈，所至市權納賄。及嵩敗，被劾戍邊。

應箕收藏[121]，以爲後日墓誌之用。凡此皆據桎床書也[122]。

---

[121] 男：兒子。　應尾：楊繼盛長子。後以父蔭太學生，為戶部照磨（官名），歷陞工部員外郎。所至以廉慎稱，歷官二十年，囊無餘蓄，不愧家風。　應箕：楊繼盛次子。

[122] 桎床：舊時牢獄中使用的一種刑具，形如木床，命囚犯仰臥其上，將手腳緊緊夾住，全身不能轉動。亦即重犯所睡的囚床。

# 赴義前一夕遺囑

## 愚夫諭賢妻張貞

　　古人云[1]：死有重於泰山，有輕於鴻毛。蓋當死而死，則死比泰山尤重，不當死而死，則死無益於事，比鴻毛尤輕。死生之際，不可不揆之於道也[2]。

　　我一時間死在你前頭，你是一個激烈麤暴的性子，只怕你不曉得死比鴻毛尤輕的道理。我心甚憂，故將這話勸你。婦人家有夫死就同死者，蓋以夫主無兒女可守，活着無用，故隨夫亦死。這纔謂之當死而死，死有重於泰山，纔謂之貞節。若夫主雖死，尚有幼女孤兒無人收養，則婦人一身乃夫主宗祀命脈一生事業所係[3]。於此若死，則棄夫主之宗祀，隳夫主之事業[4]，負夫主之重托，貽夫主身後無窮之慮[5]，則死不但輕於鴻毛，且為眾人之唾罵，便是不知道理的婦人。

　　我打一百四十棍不死，是天保佑我，那時不死，如今豈有死的道理。萬一要死，也是重於泰山了。所惜者只是兩個兒子尚幼，讀書俱有進益，將來都成的，只怕誤了他。一個女兒尚未出嫁，無人教導看管，怕惹人嗤笑。我就死了，留的你在，教導我的兒女成人長大，各自成家立計，就合我活着的一般。我在九泉之下也放心，也歡喜，也知感你。如今咱一家，兒無有我也罷了，無

---

[1] 古人：指漢司馬遷。語見〈報任少卿書〉。

[2] 揆（kuí）：度量，準則。

[3] 宗祀：謂對祖宗的祭祀。

[4] 隳（huī）：毀壞。

[5] 貽：遺留。

有你一時成不的，便人亡家破，稱了人家的願，惹人家的笑。你是一個最聰明知道理的，何須我說，千萬只是要你戒激烈的性子，以我的兒女爲重方可。

二貞年幼[6]，又無兒女，我死後就着他嫁人，衣服首飾都打發她。我在監三年，她發心吃齋誦經，是她報我的恩了，不可着她在家守寡。咱哥雖無道理，也無別意，不過只是要便宜心腸，凡事讓他些，與他便宜，他就歡喜了，不可與他爭競。二姐、四姐，要你常看顧她，五姐、六姐，庶母死後也要親近她。應民自幼養活他一場[7]，也須分與他些地土。其餘家事，諒你能善處，我又說在後面，故不須多言。

## 父椒山諭應尾應箕兩兒

人須要立志。初時立志爲君子，後來多有變爲小人的，若初時不先立下一個定志，則中無定向，便無所不爲，便爲天下之小人，眾人皆賤惡你。你發憤立志要做個君子，則不拘做官不做官[8]，人人都敬重你，故我要你第一先立起志氣來。

心爲人一身之主，如樹之根，如果之蒂。最不可先壞了心。心裏若是存天理，存公道，則行出來便都是好事，便是君子這邊的人。心裏若存的是人欲，是私意，雖欲行好事，也有始無終，雖欲外面做好人，也被人看破你，如根衰則樹枯，蒂壞則果落。故我要你休把心壞了。

心以思爲職。或獨坐時，或夜深時，念頭一起，則自思曰：

---

[6] 二貞：楊繼盛妾名。
[7] 應民：僕人名。
[8] 不拘：不論，不管。

「這是好念？是惡念？」。若是好念，便擴充起來，必見之行，若是惡念，便禁止勿思。方行一事，則思之以爲此事合天理不合天理，若是合天理便行，若是不合天理便止。而勿行不可爲分毫違心害理之事，則上天必保護你，鬼神必加佑你，否則天地鬼神必不容你。你讀書若中舉、中進士，思我之苦，不做官也是，若是做官，必須正直忠厚，赤心隨分報國。固不可效我之狂愚，亦不可因我爲忠受禍，遂改心易行，懈了爲善之志，惹人父賢子不肖之誚[9]。

我若不在，你母是個最正直不偏心的人，你兩個要孝順她，凡事依她。不可說你母向那個兒子，不向那個兒子，向那個媳婦，不向那個媳婦。要著他生一些兒氣，便是不孝。不但天誅你，我在九泉之下也擺佈你。

你兩個是一母同胞的兄弟，當和好到老。不可各積私財，致起爭端，不可因言語差錯，小事差池，更面紅面赤。應箕性暴些，應尾自幼曉得他性兒的，看我面皮，若有些衝撞擔待他罷。應箕敬你哥哥要十分小心，合敬我一般的敬纔是。若你哥計較你些兒，你便自家跪拜，與他陪禮，他若十分惱不解，你便央及你哥相好的朋友勸他，不可他惱了，你就不讓他。你大伯這樣無情的擺佈我，我還敬他，是你眼見的，你待你哥要學我纔好。

應尾媳婦是儒家女，應箕媳婦是官家女，此最難處。應尾要教導你媳婦愛弟妻如親妹，不可因他是官宦人家女便氣不過，生猜忌之心。應箕要教導你媳婦敬嫂嫂如親姐，衣服首飾休穿戴十分好的，你嫂嫂見了口雖不言，心裏便有幾分不耐煩，嫌隙自此生矣。四季衣服，每遇出入，妯娌兩個是一樣的，兄弟兩個也是

---

[9] 誚（qiào）：嘲笑。

一樣的。每吃飯，你兩個同你母一處吃，兩個媳婦一處吃，不可各人合各人媳婦自己房裏吃，久則就生惡了。

你兩個不拘有天來大惱，要私下請眾親戚講和，切記不可告之於官。若是一人先告，後告者把這手卷送至於官，先告者即是不孝，官府必重治他，央及你兩個好歹與我長些志氣。再預告問官老先生，若見此卷，幸諒我苦情，教我二子，再三勸誘，使爭而復和，則我九泉之下必有銜結之報[10]。

你堂兄燕雄、燕豪、燕傑、燕賢，都是知好歹的人，雖在我身上冷淡，卻不干他事。俗語云：好時是他人，惡時是家人。你兩個要敬他讓他，祖產分有未均處，他若是愛便宜也讓他罷，切記休要爭競，自有旁人話短長也。

你兩個年幼，恐油滑人見了便要哄誘你，或請你吃飯，或誘你賭博，或以心愛之物送你，或以美色誘你，一入他圈套，便吃他虧，不惟蕩盡家業，且弄你成不的人。若是有這樣人哄你，便想我的話來識破他，合你好是不好的意思，便遠了他。揀著老成忠厚肯讀書肯學好的人，你就與他肝膽相交，語言必信，逐日與他相處，你自然成個好人，不入下流也。

讀書見一件好事，則便思量我將來必定要行。見一件不好的事，則便思量我將來必定要戒。見一個好人，則思量我將來必要合他一般，見一個不好的人，則思量我將來切休要學他。則心地自然光明正大，行事自然不會苟且[11]，便為天下第一等人矣。

---

[10] 銜結：銜環結草。比喻感恩報德。結草，出典於《左傳・宣公十五年》一則故事，魏武子死後，他的兒子將他的愛妾另行嫁人，不使殉葬。其父已故去的老丈人的亡靈為替女兒報恩，故在一次戰亂中將野草纏成亂結，絆倒恩人的敵手而使之取勝。銜環，傳說漢朝楊寶九歲時救了一隻受困的黃雀，後來黃雀銜給白環四枚，以保恩人世代潔白，身居高位。見《後漢書・楊震傳》李賢注。

[11] 苟且：馬虎，敷衍，不循禮法。

　　習舉業只是要多記多作，四書本經[12]，記文一千篇[13]，讀論一百篇[14]，策一百問[15]，表五十道[16]，判語八十條[17]。有餘功則讀五經白文[18]，好古文讀一百篇，每日作文一篇，每月作論三篇，策二問。切記不可一日無師傅，無師傅則無嚴憚無稽考[19]，雖十分用功，終是疎散，以自在故也。又必須擇好師，如一師不愜意，即辭了另尋，不可因循遷延，致誤學業。又必擇好朋友，日日會講切磋，則舉業不患其不成矣。

　　居家之要，第一要內外界限嚴謹。女子十歲以上，不可使出中門[20]，男子十歲以上，不可使入中門。外面婦人雖至親，不可使其常來行走，恐說談是非致一家不和，又防其為奸盜之媒也。只照依我行便是。院牆要極高，上面必以棘針緣的周密。少有缺壞，務要追究來歷。如夏間霖雨，院牆倒塌，必即時修起。如雨天不便，亦即時加上寨籬，不可遷延日月，庶止奸盜之原[21]。酒肉麵果油鹽醬菜必總收一庫房，五穀糧食必總收一倉房，當家之人掌其鎖鑰，家人不得偷盜。衣服要樸素，房屋休高大，飲食使用要儉約。休要見人家穿好衣服便要做、住好房屋便要蓋、使好家活便要買，此致窮之道也。若用度少有不足，便算計可費多少，即賣田產補完，切記不可揭債[22]。若揭債則日日行利，累的債深，

---

[12]　四書：《論語》、《大學》、《中庸》、《孟子》的合稱。　本經：據以進行傳解的經書。

[13]　文：指先秦兩漢以來的文言散體文。

[14]　論：論辨體之一。源於《論語》的循理以論道之文。

[15]　策：指策問，以政事、經義設問，應試者對答的文辭。自漢以來歷代應試文體之一。

[16]　表：章奏的一種。多用於陳情賀謝。

[17]　判語：指科舉考試考生對「疑事」所下的斷語。

[18]　五經：五部儒家經典，即《詩》、《書》、《易》、《禮》、《春秋》。　白文：指不附加評點注解的書的正文。

[19]　嚴憚：畏懼。　稽考：查考，考核。

[20]　中門：內、外室之間的門。

[21]　庶：希望。

[22]　揭債：借債。

窮的便快，戒之戒之。

田地四頃有餘，夠你兩個種了，不可貪心見好田土又買，蓋地多則門必高，糧差必多，恐至負累，受縣官之氣也。

與人相處之道，第一要謙下誠實。同幹事則勿避勞苦，同飲食則勿貪甘美，同行走則勿擇好路，同睡寢則勿占床席。寧讓人勿使人讓我，寧容人勿使人容我，寧喫人虧勿使人喫我虧，寧受人氣勿使人受我氣。人有恩於我則終身不忘，人有怨於我則即時丟過。見人之善則對人稱揚不已，聞人之過則絕口不對人言。人有向你說某人感你之恩，則云他有恩於我，我無恩於他，則感恩者聞之其感益深。有人向你說某人惱你謗你，則云他與我平日最相好，豈有惱我謗我之理，則惱我謗我者聞之，其怨即解。人之勝似你則敬重之，不可有傲忌之心；人之不如你則謙待之，不可有輕賤之意。又與人相交，久而益密，則行之邦家可無怨矣。

我一母同胞見在者四人，你大伯二姑四姑及我。大伯有四個好子，且家道富實，不必你憂。你二姑四姑俱貧窮，要你時常看顧她，你敬她合敬我一般。至於你五姑六姑，亦不可視之如路人也。戶族中人有饑寒者、不能葬者、不能嫁娶者，要你量力周濟，不可忘一本之念，漠然不關於心。

我們係詩禮士夫之家，冠婚喪祭必照家禮行。你若不知，當問之於人，不可隨俗苟且，庶子孫有所觀法[23]。

你姐是你同胞的人，她日後若富貴便罷，若是窮，你兩個要老實供給照顧她。你娘要與她東西，你兩個休要違阻，若是有些違阻，不但失兄弟之情，且使你娘生氣，又為不友，又為不孝，記之，記之。

---

[23] 觀法：觀察法度。

楊應民是我自幼撫養他成人，你日後與他村裏莊窠一所[24]，墳左近地與他五十畝，他若公道，便與他，若有分毫私心，私積錢財，房子地土都休要與他。麴鋮他若守分[25]，到日後亦與他地二十畝，村宅一小所，若是生事，心裏要回去，你就合你兩個丈人商議，告著他原是四兩銀子買的，他放債一年，銀一兩得利六錢，按著年問他要，不可饒他，恐怕小廝們照樣兒行，你就難管。福壽兒、甲首兒、楊愛兒都是監中伏侍我的人，日後都與他地二十畝，房一小所。以上各人地都與他墳左近的，著他看守墳墓，許他種不許他賣。

覆奏本已上[26]，恐本下急，倉卒之間燈下寫此[27]，殊欠倫序，然居家做人之道盡在是矣。拿去你娘看後，做一個布袋裝盛，放在我靈前桌上，每月初一十五闔家大小靈前拜祭了，把這手卷從頭至尾念一遍，闔家聽著，雖有緊事，也休廢了。

---

[24] 莊窠（kē）：莊園居所。

[25] 麴鋮：僕役名。

[26] 覆：核查，審理。　奏本：上奏的文書。

[27] 倉卒（cù）：匆忙急迫。

# 附錄一　張宜人請代夫死疏[1]

刑部見監楊繼盛妻張氏謹奏[2]：爲籲天乞恩[3]，願代夫死事。

臣夫原任兵部武選司員外郎，因先任本部車駕，諫阻馬市，預伐仇鸞逆謀。聖恩僅從薄譴，旋因鸞敗，首賜湔洗[4]，一歲四遷，歷抵前職。臣夫拜命之後，銜恩感泣，思圖報效，或中夜起立，或對食忘餐，臣所親見。不意誤聞市井之談，尙狃書生之習[5]，遂發狂論，委的一時昏昧[6]。復荷皇上天高地厚之恩，不即加誅，俾從吏議。

臣夫自杖後入獄，死而復甦者數次，剜去臀肉兩片，斷落腿筋二條，膿血流約五六十碗，渾身衣服盡皆霑汙，日夜籠梏，備極苦楚。又年荒家貧，常不能給。止臣紡績織履，供給餬食，已經三年。該部兩次奏請，俱蒙特允監候。是臣夫再蹈於死，而皇上累置之生，臣之感佩，惟有焚香禱祝萬壽無疆而已。但聞今歲多官會議，適與張經一同奏請[7]，題奉欽依，依律處決。

臣夫雖復捐腔市曹[8]，亦將瞑目地下。臣仰惟皇上方頤養沖和[9]，保合元氣，昆蟲草木，皆欲得所，豈惜一迴宸顧[10]，下垂

---

[1]　張宜人：張貞。楊繼盛妻。河北容城胡村人。宜人為封號，明五品官妻、母封宜人。

[2]　見監：現押在監。

[3]　籲天：向天呼冤。

[4]　湔（jiàn）洗：洗雪，赦免。

[5]　狃（niǔ）：局限。

[6]　委的：的確。

[7]　張經：字廷彝，號半洲。福建侯官（今福州）人。正德進士。歷官吏科給事中、兵部右侍郎、南京兵部尚書兼右都御史。總督江南北、魯、浙、閩、湖、廣諸軍禦倭。遭趙文華誣詔，以失律處死。

[8]　捐腔：喪身，處死。腔，頸項。　市曹：市內商業集中之處。古代常於此處決人犯。

[9]　頤養：保養，休養。　沖和：平和。

[10]　宸顧：帝王眷顧。

覆盆<sup>[11]</sup>。倘蒙鑒臣螻蟻之私，少從未減，不勝大幸。若以罪重不赦，願即將臣斬首都市，以代臣夫之死。夫雖遠禦魑魅，親執戈矛，必能爲疆場效命之鬼，以報皇上。臣於九泉稍有知識，亦復銜結無既矣<sup>[12]</sup>。臣無任激切祈懇惶悚待命之至<sup>[13]</sup>。

---

[11]　覆盆：陽光照不到覆盆之下。喻指無處申訴的沉冤。

[12]　銜結：銜環結草。比喻感恩報德，至死不忘。　無既：不盡。

[13]　無任：敬詞。猶不勝。舊時多用於表狀、章奏或箋啟、書信中。　惶悚：惶恐。　按：此奏入，爲嵩所抑，不得達，楊繼盛遂被害。

# 附錄二　張宜人祭文

　　維皇明歲次乙卯十一月朔[1]，越九日，未亡妻張氏謹采首陽之薇[2]，挽汨羅之水[3]，致祭于夫君奉直大夫椒山楊公之靈曰[4]：於維我夫，兩間正氣[5]，萬古豪傑。忠心慷慨，壯懷激烈。奸回斂手[6]，鬼神號泣。一言犯威[7]，五刑殉節[8]。關腦比心[9]，嚴頭嵇血[10]。朱檻段笏[11]，張齒顏舌[12]。夫君不愧，含笑永訣。渺渺孤魂，常依北闕[13]。嗚呼哀哉！尚饗！

---

[1] 乙卯：嘉靖三十四年。　朔：舊曆每月初一。
[2] 首陽：山名。相傳伯夷、叔齊采薇隱居，不食周粟，餓死於此。山西、陝西、河南、甘肅皆有首陽山，傳說中的確切位置，歷有爭議。
[3] 汨羅：江名。湘江支流。在湖南省東北部。戰國時楚詩人屈原憂憤國事，投此江而死。
[4] 奉直大夫：文散官名。明代為從五品，陞授。
[5] 兩間：指天地之間。
[6] 奸回：奸邪。《書·泰誓下》：崇信姦回。《傳》曰：回，邪。
[7] 犯威：冒犯皇威。
[8] 五刑：明以笞、杖、徒、流、死為五刑。
[9] 關腦：夏桀時賢臣關龍逄，因進諫桀，為之所殺。　比心：殷比干忠諫，被剖心而死。
[10] 嚴頭：後漢嚴顏，為劉璋守巴郡，被張飛所擒，飛呵曰：「何不降？」顏曰：「我州但有斷頭將軍，無降將軍。」令斫頭時，顏色不變。飛壯而釋之。見《三國志·蜀志·張飛傳》。　嵇血：西晉惠帝時侍中嵇紹，隨帝北征，晉帝敗績，紹獨以身捍衛，中流矢死，血濺帝衣。後左右欲浣衣，帝曰：「此嵇侍中血，勿浣。」
[11] 朱檻：即朱泚折檻。漢成帝時槐里令朱雲，上書切諫，請斬佞臣安昌侯張禹以屬其餘。成帝大怒，欲誅雲，雲攀殿檻，檻折。後成帝悟，命保留折壞的殿檻，以旌直臣。事見《漢書·朱雲傳》。　段笏：唐代大臣朱泚欲竊皇位，段秀實當面以笏擊破其頭。見《舊唐書·段秀實傳》。
[12] 張齒：唐睢陽守張巡在安祿山叛亂中誓死守城，每戰大呼，皆裂血流，齒牙皆碎，存者不過三數。見《舊唐書·巡傳》。　顏舌：唐常山太守顏杲卿被安祿山俘獲後，用刀碎剮。顏杲卿口吐鮮血，直噴賊面，大罵不止。見《舊唐書·顏杲卿傳》。
[13] 北闕：古代宮殿北面的門樓。是臣子等候朝見或上書奏事之處。亦泛指朝廷。

# 附錄三　忠愍楊公祠堂記

## 汪宗伊

　　夫國於天地與有立焉，寧獨其法制具哉？蓋必有忠貞敢諫之臣，能摘主闕，摧權奸，力圖公室之安，即九隕其身，初不爲回向易慮，以成其義，若是者，蓋古今賴之。

　　當世廟時，忠愍楊公以車駕員外郎疏折勳幸臣仇鸞，謫尉狄道，亡何鸞敗，世廟心內直公，一歲四遷，至武選員外。時分宜方憑寵恣睢，瀆朝政，公欲因癸丑歲旦日食上狀寤主，即於歲暮之塗次剗草，馳疾入京師。余幸與公同曹，晨從錦衣後，並騎道上行，適前驅者至，謂日當食，詔罷習儀。公因過余邸舍，故秘之。會元旦雪，禮臣請更爲賀，官家欲罪諸靈臺占候郎，而同曹主事陳君一松聞，以耳語余。因密請公疏且緩入，比銀臺亦以節假禁封章，至望後三日，公疏方上，言分宜罪狀十，姦五，可召問二王知之。分宜固挾此爲讒，遂復逮錦衣衞詔獄，而疏中言嚴鵠冒功事，下曹覆奏，分宜子世蕃預爲覆草，以授其黨江曹郎冕，袖屬主覆者周曹郎冕。周曰：「嗟乎！是可忍也！」余從旁益慫恿周君，謂覆奏如所指，獨不爲楊地，即國例公論謂何？於是用力陳其冒功，謂一世所共知，並以分宜姦狀上聞。已復逮周下獄，出爲民。余亦以內批罷官。公竟從吏訊赴西市。

　　嗟嗟！以公之才，其卓犖閎偉無論，其他即太乙壬奇堪輿兵陣諸家書，亦皆綜習。居嘗議天下事，亹亹若泉注。其論謫賜環後，藉令苟以世俗爲心，即隱忍就例，可立取通顯。乃身再詔獄，斷指節，出脛骨，繼以割肉擢筋流血數升，將卒，猶賦詩以見志，

非夫天植其忠,能然哉?顧余獨有感於世廟之明,以公之忠,而竟陷於死地,豈非以奸臣柄事,羅織成獄,義難自明。而余顧遇熙際,復起今官,迺知士所遇有幸有不幸,而於心固當不易云。

然世廟末載,罷分宜,械其子棄市,並籍其家,而公以遺詔贈貳奉常,蔭一子,賜祠額曰旌忠,即童稚至今談者,猶切齒嚴氏,艷慕公神明,故士所自處,在彼不在此,亦較然矣。至於嚴黨既盡,朝政潔齊,迄於今並稱熙洽,雖由明良相得致然,而公之忠貞,能使天下國家所恃以並立者,益不可泯。余故詳著之,使世之瞻拜祠下,亦將有感於斯。祠在邑庠之左,督撫劉公應節、孫公丕揚,督學傅君孟春、賀君一桂,兵憲高君文薦、王君琔、徐君學古,知府劉君泮、賈君仁元,各捐金助之,而知縣王子德新、張子與行相繼成之云爾。萬曆八年歲次庚辰夏月吉旦立石。

## 附錄四 明兵部武選司員外郎贈太常少卿諡忠愍楊公墓誌銘

### 徐 階

公諱繼盛，字仲芳，別號椒山，忠愍者諡也。國家之制，非大臣不得與於易名，公位下乃得諡者，今皇帝御極，遡觀化源，謂公死諫，節甚偉，宜尊顯以勵士大夫，故奉遺詔，贈公太常寺少卿，廕子應尾為國子生，而特賜今諡。其義則取諸危身奉上在國逢難云。

初，公舉嘉靖丁未進士，授南京吏部驗封主事，師事大司馬苑洛韓公，盡通其天文地理太乙壬奇兵陣之學，名聲重一時。辛亥，遷兵部車駕員外郎。當是時，大將軍仇鸞驕，然心憚敵，欲利啗之以緩兵，請與敵為馬市，有成議矣。公上疏斥其不可者十，辨其說之謬者五，鸞因訐公撓邊計，惑眾心，詔錦衣衛逮公置訊，獄具，貶狄道典史。踰年擢知諸城，尋遷南京戶部主事，又遷刑部員外郎，調兵部之武選。

嘗獨居深念至夜分，配張安人問其故，公曰：「吾受上恩，思有以報耳。」安人曰：「嚴相國方用事，此豈君直言時耶？」公不應，而心自計欲報恩，其道莫如去姦人，使不得亂政。遂以癸丑正月疏論少師嚴嵩十罪五姦，請召二王問狀。公意以嵩在位久，其黨羽布滿中外，上即問必不肯言，而今皇帝以明聖在東府，冀一召問，可盡得其實。嵩更藉以為讒，詔逮公，訊所以引二王者，公具對侃侃，至斷指出脛，不易詞。詔杖公百，送刑部獄。郎史君朝賓議從輕比，而其長貳皆嵩黨，竟當公詐傳親王令，旨絞。公之將受杖也，或遺之蚺蛇膽，卻不受曰：「椒山自有膽！」

或謂公勿怕，公笑曰：「豈有怕打楊椒山者！」及繫刑部，創甚，吏畏禍莫敢睨公，公乃自破瓷碗，刺右股出血數升，已復手小刃割左股去其腐肉，有觀者咸為戰慄，公顧自如。在獄三年，以乙卯十月晦死西市。臨刑賦詩云：「浩氣還太虛，丹心照萬古。平生未報恩，留作忠魂補。」天下相與涕泣傳誦之。

嗚呼！士方平居，語及節義，往往扼腕張眉目，自謂能之。一旦臨患害，僅如毛髮，輒心悸色變，不敢出一詞。或走匿以規苟免。有能自奮如其言者寡矣，未有蹈必死而不懾者也。偶出不意蹈一死，及既脫，率深自懲創，毀方以為圓，又或自滿足，不復肯為危言正色者有矣，未有慷慨激烈赴再死而不顧者也。公始忤仇鸞，偶不死，奔走絕塞間，稍稍徵用，去訊繫時無幾，痛苦之狀宜猶在心目。張安人所以語公，與古牛衣之說亦何以異？而公不懼不惑，卒直諫以殞其生。此其視唐子方諸人且猶過之，矧世碌碌者耶？公死之歲，刑部郎今藩參王君世貞為求救於嵩所厚，嵩曰：「行卜之。」其子世蕃不可，而其黨鄢懋卿等亦相與爭曰：「不殺某，所謂養虎自貽患也。」故公竟死。公死而地為震者累年。其後給事中今中丞吳君時來、刑部主事今中丞張君釴、太僕卿董君傳策相繼論嵩，嵩又將殺之奏上，地忽震，先皇帝悟而止。由此觀之，精誠之至，天地且為之動矣。嵩業已仇公等，其必欲殺公不足怪，彼黨嵩者獨何心哉？夫其導嵩以殺公，恐遺患也。

然公死七年，先皇帝用御史今中丞鄒君應龍言，罷嵩政，逮世蕃謫戍嶺南。又二年，御史今中丞林君潤發世蕃逆狀，詔棄市，籍其家。則夫所謂患者，果可以計免否也？公死時應尾尚幼，藩參君與其友吳君國倫、徐君中行、宗君臣，倡諸縉紳經紀其後事。兵部主事今中丞王君遴歸公喪，且以女婿其次子。由是諸君者相

繼獲罪，而藩參家禍尤酷。今十有二年，公既受恩卹於朝，又以御史郝君杰請建祠保定，賜額曰精忠，諸君亦次第登用，而嵩之黨則盡已斥逐。嗚呼！後之欲爲君子小人者，可以鑒矣！

公先世小興州人，洪武中有諱伯源者，奉詔徙容城，傳四世至青，青生贈兵部署員外郎富，是爲公考。公生以正德丙子五月十七日，年僅四十，子二，長即應尾，次曰應箕，皆張安人出。昔歲甲辰，公領鄉薦，卒業國學，予時爲祭酒，奇公文，因日進公爲講說經義與所以立身事君者，公亦不鄙而聽之，故予與公相知深。公死，予悲之倍於眾，數謀於中丞王君，視諸孤而日跂望於恩卹之及。去年，幸聞末議，然後所以悲公者獲少紓萬一焉。某月某日，應尾應箕改葬公定興縣東引邨之原，奉藩參君狀來徵銘，予義不得辭也，爲撼公大節，俾歸而納諸墓中。若公居家之行，狄道之政，詳具公所編年譜及藩參君狀。

# 附錄五　重刻《楊椒山集》序

## 毛奇齡

少讀王章傳，涕泗被面，驟出對客不能飾。客訝問故，曰：「吾讀王仲卿傳故也。」既而讀楊椒山自著年譜，驚曰：「此非仲卿乎？」仲卿學長安，獨與妻居，疾病無臥被，入牛衣中；與椒山讀書無臥被同。仲卿爲諫大夫，進左曹，訐宦官石顯，免其官；與椒山爲南部員外進北部劾咸甯侯鸞降典史同。仲卿起司隸校尉進京兆尹，遽劾帝舅大將軍輔政王鳳，下廷尉獄，既而死；與椒山起刑部員外遷兵部武選司遽劾相嵩下詔獄辟死又同。然且仲卿之封事以日食，椒山之入奏亦以日食；仲卿之得罪以指斥張美人故，椒山之得罪亦以扳援二王故。所不同者，兩人之妻皆沮其上書，而椒山張夫人乞代夫死，仲卿未有也。然當仲卿下獄時，妻女皆同時收繫，女年十二，夜起號哭曰：「平時獄上呼囚，數常至九，今八而止，先死者必君也。」及旦而仲卿果死。妻女徙合浦，則是其妻之罹慘較有甚於椒山者。

予嘗入史館詢椒山傳，同館官曰：「未闖也。」曰：「此一代有數人物，當特爲起草，而俟闖分乎！」同館官不答。既而微聞同館有進劄子者曰：「孝宗非令主，陽明非道學，東林非君子。」謂「夫儒者言事，但當以迂全，不以激訕。東林之爭，每始於意氣，而終於朋黨。此皆嘉、隆間戇直諸習，有以開之。」蓋暗指椒山言也。予曰：「然則如漢王章者，非君子耶？」曰：「章不識輕重，亢言殺身，何有乎君子？子不讀胡氏致堂諸史論乎？其於兩漢人物，率詆之不直一錢。是以朱氏傳王荊公爲名臣，而稱秦

檜之太師爲致有骨力，何則？不輕舉也。夫以岳忠武之死，而猶讒其橫，刺其直，向前廝殺而無所於變也，他可知矣。」予氣塞而罷。然而歸檢舊史，見趙宋兩朝，當君國之慘，死事者不下什伯。而《宋史・忠義傳》並無一講學之徒廁身其間。然後知薄事功，並薄氣節，皆宋學之陋，而非恒情也。

　　今予去史館，又十餘年矣。康熙戊寅（一作丁丑），同邑章子梅溪有感於椒山之爲人，取椒山所傳《年譜》與其生平詩若文，合得四卷，將刻以示世，而屬予爲敍。予讀之淚滴滴下，一如疇昔讀《王章傳》。時雖不講學，不汩其本心，而章子以藝林之豪攻經生家，年不及賈生，獨能奮發忼愾，聞椒山之風而興起焉，且復輯其遺文，惟恐其不傳於後，而汲汲示世。此非君子所用心乎！夫椒山文士，其於聖學未知其有當與否，然而讀其疏而知君臣焉，讀其諭兒文而知父子焉，讀張夫人代夫疏而知其夫若婦焉，讀王繼津書與弇州王氏所爲狀而知朋友之交焉，至於兄弟，則年譜所記彰彰也。

　　近之言學者，動輒薄事功而輕氣節，至有訾陽明之學以明得意者。夫陽明事功固所宜薄，然而氣節者，君子之梗概也。椒山不幸與王章同，兩漢儒術久爲宋學所不許，而陽明又不幸而龍場以前同於椒山。道學既難言，而兩人氣節又百不如權相之骨力，然而猶尙有讀其書，感其爲人，惟恐其不傳於後，而汲汲示世如章子者，則是人心之未亡，而君子之猶可爲也。世有見斯集而興者乎？其亦以予之讀仲卿傳者讀之可矣！

# 附錄六 贈答題詠

## 送司封仲芳楊子赴留都 徐 階

哲人重道義，朝貴不足縻。
丈夫志四方，遠適非所悲。
如何與子別，悵悵不忍辭。
古道日淪替，羣諛紛追隨。
子獨諒迂僻，經訓相劘規。
去住忽以異，麗澤安所資。
頹波無停流，靈曜亦西馳。
感此重念子，何以慰爾知！
至理不外得，吾心實吾師。
願言勵操存，千里同襟期。

## 贈 詩 吳國倫

食祿分憂士，憐君獨處難。
囊頭追孟博，斷舌繼常山。
雪映心猶赤，風吹骨愈香。
傷心千古恨，揮淚灑斜陽。

## 次前韻　王　遴

仗節多臣子，從容就死難。
忠懷吞瀚海，義氣壓衡山。
魂斷關河渺，名存草木香。
丈夫無別淚，含笑赴雲陽。

## 次韻酬楊椒山　趙完璧

蓬瀛回首欲沾巾，勢入艱危託故人。
褊性由來難避俗，迂儒垂老拙謀身。
赭衣相值仇秦越，綵筆誰看泣鬼神。
辛苦不妨淹日月，授書喜有漢良臣。

## 楊忠愍公墓上作　張　昱

夢覺邯鄲萬有空，邦人猶自說英雄。
道家論將忌三世，臣子報君惟一忠。
淺土何堪封馬鬣，迷魂猶自恨秋風。
死綏固是將軍事，國史旂常畫雋功。

## 過楊忠愍公軍府留題　張　昱

總是田家門下客，誰於軍府若為情。
林花滿樹鶯都散，雨水平池草自生。
街上相逢驚故吏，馬前迎拜泣殘兵。
能言樓上題詩處，猶有將軍舊姓名。

### 謁楊忠愍公祠　徐德泰

天意常扶直，公生獨不逢。
有懷匡社稷，無計去奸雄。
碧血黃沙裏，丹心諫草中。
我來瞻廟貌，灑涕拜孤忠。

### 謁楊忠愍公祠　申重熙

西城憑弔不勝悲，員外祠堂讀御碑。
浩氣永隨山嶽壯，綸音高並日星垂。
權姦未死神先奪，假子求榮辱已追。
何似先生枷鎖後，香風猶向市朝吹。

### 謁楊忠愍公祠　張慎言

當道豺狼敢擊彈，先生孤憤特衝冠。
名高豈是純臣意，廟食猶增義士歎。
堪笑乾兒思縛虎，可憐愛子竟輸肝。
於今禍福難回首，千古長留一寸丹。

### 謁楊忠愍公祠　陳　福

御碣親標諫草芳，高祠瞻拜景餘光。
鋤奸必試擒王手，憂國常先曲突防。
勁骨有時銷鼎鑊，丹心終古懾豺狼。
青詞邀寵今何在，贏取孤魂泣道旁。

## 保定謁楊忠愍公祠兼讀遺集　　陶祥武

> 兩疏千秋壯，雙祠百代名。
> 中流思砥柱，吾道有干城。
> 筆落寒姦膽，風高恥義聲。
> 丹心悲未了，鐵骨氣猶生。
> 御碣旌遺直，宸章表獨清。
> 聞風起頑懦，瞻像動精誠。
> 枷鎖餘香遠，乾坤一蒂輕。
> 遺編重展誦，憤激涕縱橫。

按：「乾坤」句後原注：公詩有「此身不是乾坤蒂，留我蒼天欲若何」句。

## 題《諭妻諭兒卷》　　馬長淑

瞻拜孤忠遇象賢，捧來手蹟當依然。
非關鐵畫銀鉤筆，自愛忠肝義膽傳。
磊落丹心留汗簡，崢嶸浩氣滿雲牋。
鴻毛泰岱胸中寶，刀鋸何曾介眼前！

## 題楊忠愍公二疏手草　　曾國藩

> 古孰無死？曾不可班。
> 輕者鴻毛，重者泰山。
> 楊公正氣，充塞兩間。
> 遺文妙墨，深播人寰。
> 馬市壹疏，聲振薄海。

更擊賊臣，五奸十罪。
心追逢比，身甘葅醢。
取義須臾，歸仁千載。
翩翩諫草，猶存手稿。
古柏拏空，似枯彌好。
鬱此英風，輔以文藻。
長有白虹，燭茲瑰寶。

# 後　記

　　馬尾留春信，羊毫綻夢華。此書羊年出版，總讓我想到一位詩人寫羊的名句：「黃龍山莽莽盤高原，羊群兒山頂舔藍天。」這位詩人，好像與此書無關，卻也不無牽繫。

　　忘不了上世紀七十年代後期的那個盛夏，我每天冒著酷暑，步行到我市圖書館去。這座圖書館的前身是河朔圖書館，古籍藏書，可算豐富。我每天從早到晚，呆坐在令人汗流浹背的圖書館室內，手抄一部古書。這便是《楊椒山集》。我這時才第一次把早已熟誦的「鐵肩擔道義，辣手著文章」兩句名詩，與這個古人聯繫起來。發黃發黴的宣紙書頁，有不少蟲蛀的孔洞、潮漬的痕跡，而我如獲至寶。不抄，不足以顯示我對這部書的愛惜；不抄，不足以滿足我對知識的渴求。那個夏天，我硬是一字不漏地抄了這本書的全部，也因字跡被蟲蛀而留下不少遺憾的空白。同時，又抄了與楊椒山有關的一些書的片斷，包括《明史紀事本末》、《萬曆野獲編》、《明實錄》、《鳴鳳記》等。

　　還忘不了上世紀八十年代初期的又一個初夏，我與兩個朋友遠赴上海，人家去逛街，我獨自一人尋訪到上海圖書館，在二樓，竟然很順利地借到《李卓吾評選楊椒山集》，不用花一分錢，知識開放了，人心開放了，上海圖書館熱心的負責人又供鉛筆，又供白紙，我於是把李卓吾的主要評語也一一抄了下來，沉甸甸地珍藏至今。

　　沒有那時的兩次抄書，也許就不會有今天的這部校注專著。然而，如果沒有兩位詩人對我的關愛和激勵，我也很可能不

會校注這部書。

一位是著名詩人王致遠，就是在長篇敘事詩《胡桃坡》中寫出詠羊名句的那一位。一位是著名詩人王主玉，我拜讀並珍藏著他送的大作《雁回嶺》。他是王致遠的老友．王致遠詩人在病榻上曾特意囑託他，日後請對我加以關顧。後來，他特意帶著王致遠老友的生前囑託，不遠千里，親自光臨我的寒舍，向我鄭重約稿，他當時正任《北京社會科學》主編。這樣才有了這篇《鐵肩辣手　浩氣丹心──楊椒山的人格力量及詩文精蘊》，現在作為此書的代序。也因為有了這一篇，更因為我懷著對這兩位詩人感恩的心情，才增強了我繼而想到完成這部書的意念和動力。平生風義兼師友──激勵我終生！

我本來此生只想以詩自任，我十九歲發表了第一個組詩《放歌太行山水間》。並被收入作家出版社 1957 年《詩選》。「登上山頭，喊一聲：我的太行！太行山回應起雄壯的高歌……」後來還被作為例句編入《漢語大詞典》。我三十多歲謳歌太行山區人造天河，讓心潮隨着一曲高山流水，一瀉千里……

──從為太行山立傳，到為楊椒山作注，兩山之間似乎沒有關聯。然而，楊椒山是真鐵漢，太行人是鐵英雄，二者之間，仍有一脈相通。讓漳河水在深山大壑裏萬古白白流淌，不能充分潤澤人間，這是老天的不公，太行人的開山炮和叮叮噹噹的錘釺，就是上給老天的奏疏，最終老天答應了，遵從民命了，硬是讓漳河水流上了高山，多澆了三千華里山渠兩岸的良田。太行人是幸運的，而楊椒山是不幸的。也許有人說他是愚忠，愚就愚吧，移山的愚公不是也被稱為愚麼！不跟貪官同流合污，能冒著生命危險說真話，有一副擔道義的鐵肩，有一雙著文章的辣手，這樣的人應受到歷史的倍加愛重。

　　我是嗜書如命的，最初是嗜詩如命。詩人讀書，往往不求甚解。感興趣的，吸收；不感興趣的，棄去。詩人的讀書，與學者的讀書不相同。學者讀書，要求一字一句不輕易放過，不懂的必須翻遍經史子集，成年累月，苦苦求索。詩人多靠靈感，學者多靠記憶，詩人主要憑想像力，學者主要憑理解力。當然，高境界的詩人與高境界的學者又是相通的，也都要求有創新才能，都要求靈悟。我寫詩也算得上起步早，起點高，也曾經有點自鳴得意。但是，我雖然上了四年大學中文系，並不曾受到多少古籍整理的專業傳授，甚至連一本線裝書也沒摸到過。除了早年摸過一套親戚家的古版《康熙字典》外，這部《楊椒山集》要算是我摸到的第一本線裝書了。我在浩瀚的古典文史領域裏是永遠的小學生。我情願做個書呆子，呆得執著，呆得不亦樂乎！「板凳寧坐十年冷」，我願把冷板凳坐成熱板凳。

　　坐冷板凳，坐出了一部《隨園詩話箋註》，一套，三大冊。蘭臺出版社真有魄力，一下子精裝印行。坐冷板凳，也坐出了這部《楊椒山集校注》，同樣是蘭臺出版社，慷慨接納。我看到蘭臺出版社的一項申明，出版學術著作，要審查，不要自費。蘭臺出版社忠於中華學術，以書會友，對作者熱誠相待，總是有函必覆，校對嚴肅認真，一絲不苟。其敬業精神之誠、專業修養之深，令人感佩，難以忘懷。

　　窗外是樹木杈椏的雲空，中原北部的臘月，今年不像臘月，剛下了一場小雨，還沒有見到一朵雪花。我伏案校對這部書稿，心裏想著，能來一場瑞雪該有多好啊！

李洪程　2015 年 1 月 27 日　臘八

國家圖書館出版品預行編目資料

楊椒山集校注／[明]楊繼盛 著；李洪程 校注-- 初版
臺北市：蘭臺, 2015.05
ISBN 978-986-5633-04-2 (精裝)
　　面；　公分

846.6　　　　　　　　　　　　　104003848

# 楊椒山集校注

作　　者：[明]楊繼盛 著；李洪程 校注
編　　輯：高雅婷
美　　編：高雅婷
封面設計：林育雯
出 版 者：蘭臺出版社
發　　行：蘭臺出版社
地　　址：台北市中正區重慶南路 1 段 121 號 8 樓之 14
電　　話：(02)2331-1675 或(02)2331-1691
傳　　真：(02)2382-6225
E—MAIL：books5w@gmail.com
網路書店：http://bookstv.com.tw/、華文網路書店、三民書局
　　　　　http://store.pchome.com.tw/yesbooks/
　　　　　博客來網路書店 http://www.books.com.tw
總 經 銷：成信文化事業股份有限公司
劃撥戶名：蘭臺出版社　帳號：18995335
網路書店：博客來網路書店 http://www.books.com.tw
香港代理：香港聯合零售有限公司
地　　址：香港新界大蒲丁麗路 36 號中華商務印刷大樓
　　　　　C&C Building, 36,Ting, Lai, Road, Tai,Po, New,Territories
電　　話：(852)2150-2100　　傳真：(852)2356-0735
總 經 銷：廈門外圖集團有限公司
地　　址：廈門市湖裡區悅華路 8 號 4 樓
電　　話：86-592-2230177
傳　　真：86-592-5365089
出版日期：2015 年 5 月 初版
定　　價：新臺幣600 元整（精裝）
ISBN：978-986-5633-04-2